L'essence *n* de l'amour

Mehdi
BELHAJ KACEM

L'essence *n* de l'amour

J'ai lu

Pour Caroline, Tiphaine et Annick.

L'amour est un jeu dont vous êtes le héros. Vous pourriez y laisser votre peau. Plutôt ça, à tout prendre, que d'en *sortir*.

Vous n'avez jamais connu ça. Vous ne voudriez plus connaître que ça. Vous ne savez pas comment connaître encore ça. Vous ne pourrez connaître mieux que ça.

Vous vouliez traiter cette partie de votre séminaire[1] « comme les autres ». Vous avez renoncé,

1. *Événement et répétition*, séminaire informel (non universitaire) tenu au petit bonheur la chance, mais souvent, au cours de l'an 2001, en présence de créateurs et philosophes, qui mêlait une introduction à la philosophie d'Alain Badiou et une méditation panoramique sur le Désir, la jouissance, la répétition, où on pesa sur la balance les vues de Lacan, Kierkegaard, Proust, Artaud, Deleuze, Spinoza,

par la force des choses. Vous aimeriez écrire la lettre que vous ne lui avez jamais écrite – même si vous lui en avez écrit, et des tartines. Chaque mot est un tact. Les phrases doivent déposer, comme goutte à goutte, leur tact sur la peau sans peau, cette peau en dessous de la peau, de l'autre. Elle est, selon l'expression, *à fleur de peau* ; se trouve l'être, mais, assez forte pour se protéger du monde, qui lui fut plutôt hostile, cette seconde peau, à fleur de nerfs, seul votre toucher, et pas celui des doigts, en a avivé toutes les plaies. Ce n'est pas ce que vous aviez voulu.

Il est arrivé que vos mots l'écorchent. Par accident le plus souvent, par nécessité absolue deux ou trois fois. Une pichenette verbale sans conséquences, en eut de funestes.

Pour stopper l'hémorragie, vous vous tenez à distance désormais – ce choix lucide fut le sien, vous n'en faites ni une honte, ni une gloire masochiste. Pour que votre toucher ne devienne pas

---

Bataille, Foucault, ainsi que, *last but not least*, les thèses de l'auteur telles qu'exposées dans *Esthétique du Chaos* et *Society*, ses deux derniers ouvrages. En cours de transcription, à paraître un de ces quatre.

insupportable à sa fragilité, à cette cotonneuse névropathie, que vous aurez eu le mauvais rôle de déclencher – il faudra y mettre les mots. Dans ces mots ne se lira pas le besoin de la toucher, par effraction, mais le désir qui la touche – qui la caresse au pointillé de ce que ces nerfs ne peuvent montrer. C'est cette fragilité atomistique, punctiforme, de l'envers de ces nerfs – qui fait toute sa force, à elle.

Vous voudriez la conduire à cette région où les mots se déposent, à l'étouffée, et propagent leur vrai poids. Leur poids d'amour. Que vos mots n'écorchent plus, sans faire exprès – ce barbelé à vif que vous avez, sans l'avoir su aux prémisses, *violé*. Cette région où elle se sente en paix, et bien, et heureuse. Ne pesant, sans plus rien voir ou percevoir, que le poids de cet amour.

Vous ferez donc un « récit », éventuellement tiré à part, tant qu'à se la jouer Kierkegaard – plutôt qu'un acte de plus de votre séminaire. Ce séminaire fut commandé, de part en part, par votre amour. Ce n'est pas votre amour simplement qui informe ce séminaire de son contenu ; c'est « votre » amour pour *elle*. Celui qu'*elle* vous a apporté, étant, elle, ce qu'elle est. Vous devrez passer, par convenance indicible, sous silence les traits « reconnaissables » de son « identité ». L'exercice est d'intérêt : il ne vous reste plus que ce toucher, de vous à elle. Le devoir de réserve absolu sur les traits « reconnaissables » – et ceux qui attendent quelque révélation qui croustille, derrière ce secret, en resteront pour leurs frais – vous interdisant de la « flatter », vous astreint à l'essentiel.

« Récit » – point aveugle et centre fantôme de ce séminaire, enquête sur l'origine d'une pensée. Tant qu'à se la jouer Kierkegaard (j'en entends d'ici qui ajoutent : « du pauvre ». Tant mieux. Je *suis* pauvre, en matière comme en esprit), autant réussir là où il a échoué – écrire le récit où se déposera, ou pas, la réussite d'un amour. Ce « récit » est donc plutôt un « jeu » – établissant l'état où persiste un fait amoureux. Rien que les faits, donc. L'issue reste entièrement ouverte. Mais il faut récapituler, et c'est une providence, l'enchaînement qui a fait qu'on en est arrivé « là ». Ce « là » n'est pas la péjoration d'une situation, plus ou moins pourrie.

Vous avez *tous* les faits en mémoire, mais ne pouvant, par la nature des choses, tous les dire, et ne le voulant, ce « réservoir » à disposition devra s'égoutter, mot par mot. C'est à elle que vous vous adressez ; l'affaire est privée, ne concerne que vous. Et pourtant elle concerne un tiers exclu, le lecteur inconnu qui viendrait à en prendre acte, si l'écrit était rendu public, ce qui ne se fera pas sans son accord. Vous le brûleriez si elle le demandait. Ce qui ne vous poussera pas à y aller de main morte ; vous voulez faire la vérité sur votre affaire, *toute* la vérité. Seule la vérité *révélée* est entière, rassemble ce qui s'est morcelé, et continue sur sa dispersion, à s'égarer, à se perdre. Et seule cette *révélation* – de la vérité – suffit à donner consistance au tiers exclu, le lecteur fantôme ; destiné quoi qu'il survienne à le rester. Exclu, et fantôme.

La mémoire ne se paie pas de mots ; c'est son récit qui essore, et fait perler, mot par mot, et seulement en mots, cette mémoire, qui n'existerait pas, sans ces mots, qui la retiennent, mais n'est pas ces mots – n'est qu'images, sons, sensations ; peu de « mots » en effet, en mémoire, les mots qui se sont effectivement dits, dans l'affaire ; mais « ce » qu'ils ont produit, encore des images, encore des sensations. Ça, vous l'avez bien en main ; et elle aussi. Ce sont comme des cartes, des cartes en main qui, abattues sur la table de jeu, se désagrègent en mots, s'éteignent en mots. Là où l'affaire amoureuse éteint les mots dans l'aphasie traumatique, le trauma amoureux s'éteint dans les mots. Ce que vous voudriez, en menant votre enquête, *pour elle*, c'est cette fois que la vérité de l'amour, sa volupté, que vous pouvez établir, *avec elle*, s'éteigne dans ces mots, qui ont tant nui. Que le jeu abattu, n'abatte que la force de nuisance que ces mots ont eue, contre toute raison, contre toute bonne intention, contre toute bonne pétition. Que les mots, traces mouchetées sur le tapis, ne laissent, entre vous deux, que le silence voluptueux, le silence amoureux. Ce qui sera la condition pour recommencer, ensuite, à parler, d'un cœur plus léger.

On ne peut pas dire que ça ait commencé très fort. Vous vous rencontrez à la faveur d'un *x*, *x* que nous tiendrons, lui aussi, au secret ; sans savoir si ce *x* est le mobile réel des rencontres, ou leur prétexte – vous vous rencontrez régulièrement. Vous n'en menez pas, de part et d'autre, très large ; vous vous rencontrez tous deux mal en point, et ces rencontres font un peu club de célibataires, à deux ; un peu mortuaire. Vous n'êtes pas au sommet, l'un et l'autre, de vos formes respectives, pour des raisons qui seront aussi, ici, laissées dans l'ombre. Vos charismes, qui ne sont pas, de façon générale, rien non plus, ne brillent pas de leur meilleur éclat ; vous êtes même plutôt ternes, et c'est cependant à ces rencontres, contre toute attente, que vous prenez goût. Vous vous prêtez main-forte, sans en avoir l'air, l'air même dégagé, pour autant que vos états, plutôt mélancolique, pour l'une, plutôt dépressif, pour l'autre, s'y prêtent. Vous vous réchauffez, en somme, d'une ambiance plutôt grise. Vous vous y faites, et faites même surtout ça.

Bien entendu, quelque chose prend naissance. Puisque l'anecdotique est frappé ici d'un interdit presque total, qui est une sorte de convention de jeu, vous ferez vite. Disons que la première fois que vous vous êtes embrassés, il y avait quelque chose de « Paramount », de la réalisation-enfin d'un phantasme depuis longtemps passé à la remise, le baiser disons hollywoodien. Il dura très longtemps, ce premier baiser, et puis ensuite, avant de passer à la casserole sexuelle, avant de « conclure », comme on dit, vous vous êtes pas mal et longtemps roulé des patins, fort voluptueux pour les deux (la volupté partage ce qui ne se partage pas, la jouissance. Lautréamont disait que l'amour était l'égoïsme à deux ; on l'emmerde. « Aréalité » est un mot de vieux français, remis en usage par quelqu'un de ma connaissance, et qui veut dire : « réalité de l'air » – l'air est réel. Réalité aréale. La volupté est l'aréalité du plaisir : quand vous faisiez l'amour, le plaisir devenait aréal, la volupté se suspendait autour de vous, vous enveloppait comme l'air réel qu'elle était). Vous n'y accordez d'ailleurs pas plus d'attention que ça. Quand on est heureux, on se dit vaguement, sans le formuler en toutes lettres, qu'on peut l'être plus. En fait on n'y réfléchit pas du tout. Quand on est heureux les choses se passent – et passent, malheureusement. Généralement on laisse fuir, et on se fait une raison.

À ce moment, d'ailleurs, juste avant de vous embrasser la première fois, elle vous confie un secret, puis chaque fois que vous vous peloterez longuement et avec volupté, entre dans ses détails. Plus que l'excès d'anecdote ce secret, disons *n*, est frappé d'interdit, et plutôt deux fois qu'une, on verra comment. Ce qui est sûr, c'est qu'au moment où elle vous le confie, vous savez – une image précise, que vous tairez aussi, se profile dans votre esprit – qu'elle vous fait un cadeau empoisonné, sans le savoir. Elle se fie à vous, vous le confie, ce qu'elle n'a jamais fait avec personne. Ce poids, vous le porterez longtemps, lourdement, comme une grossesse nerveuse dont l'incubation ne touche pas encore à sa fin. Ici, dans cet écrit, il s'agit seulement de mener habilement l'enquête ; fin limier, vous lui décrivez juste l'arithmétique du truc, sans alourdir de l'épaisseur funeste des détails.

Ce qui est sûr, c'est que l'amour la rend extrêmement belle, c'est maintenant que vous y repensez. De terne, et plutôt moins que vous ne l'étiez vous, elle devient radieuse ; vous remarquez que les mecs se retournent sur son passage, la reluquent et jouent au foot avec leurs mâchoires. Ce n'était le cas ni avant ni après, quand la crise entre vous allait se déclencher.

L'amour, et la plupart de ses histoires ne s'en remettent pas, désagrège les narcissismes respectifs du fait qu'ils se donnent généreusement, en mots. Les mots dits, qui disent de chacun son narcissisme, à l'autre, désagrègent celui-ci. Vous lui dites vos lettres de noblesse, et c'est la première fois de votre vie, au long cours de votre histoire, qu'après le premier temps, très pénible, de désagrégation de votre narcissisme, vous vous sentez débarrassé de celui-ci : c'est elle votre champ d'optique désormais. Mais elle, vous ayant livré le sien, de narcissisme, sent aussi celui-ci se désagréger à peine dit. Chaque mot est comme la pulsation d'une désagrégation narcissique, dans l'amour. C'est un phénomène plutôt curieux, mais si général qu'il faut en prendre acte : dans l'amour, les narcissismes se désagrègent à peine communiqués à l'autre, et il n'y a que dans l'amour que ce soit comme ça. Ce n'est même pas, c'est même tout sauf, un effet de la mauvaise volonté de chacun : au contraire celui-ci accueille de toute son hospitalité de cœur le narcissisme de l'autre, et y acquiesce. Mais c'est cet acquiescement, contre lequel il n'y a rien à faire, et certainement pas, comme vous (tous deux) le ferez plus tard, surenchérir en attaquant volontairement ce narcissisme aux points faibles, car il n'en reste « plus rien », que sa transmission à l'autre, en miettes – cet acquiescement est l'acte même de désagrégation narcissique dans sa transmission à l'autre. Là aussi, cadeau empoisonné, mais pas de même ordre que l'autre, privé ; celui-ci, c'est la vérité même de l'amour, tel que vous commencez à en frayer l'accès.

Heureux, on ne se posait pas trop de questions. À peine la crise déclarée, on ne fait plus que ça ; comment en est-on arrivés là ? Il n'y a cause que de ce qui cloche, disait un Sage de la chose. Ce qui veut d'ailleurs dire : la cause est la fiction que nécessite une situation en mauvais état. On ne se dit pas « il y a une et mille raisons pour que ce soit comme ça », quand tout baigne. Et quand ça cloche, c'est qu'on n'a pas su voir venir, tant que ça baignait. Votre enquête, celle que vous écrivez présentement, et seulement pour elle, pour vous, est une autre « fiction », qui veut seulement rétablir la vérité, si oblitérée par le fait que ça ait mal tourné, sans pouvoir savoir où et comment, à un moment donné. Ce qui est sûr, c'est que ce n'est de la faute de personne en particulier, ou des deux.

La preuve c'est que longtemps le fautif ce fut vous ; vous ne vous dégagez d'ailleurs pas de votre pleine responsabilité. Mais ayant déployé tous les efforts pour faire amende honorable, elle s'est à un moment donné retrouvée quasi toute seule face aux siennes, de responsabilités – et s'est désistée au moment où vous, vous étiez prêt. C'est trop injuste, vous êtes-vous dit. Cet amour mérite plus qu'une seconde chance. Mais prenons les choses dans l'ordre où elles viennent.

Comme elles viennent à l'esprit, ce qui est une vérité plus vraie que la chronologie. Mais l'ordre n'a rien d'arbitraire. Cette enquête, vous vous êtes préparé(s ?) mentalement à la faire et à l'exécuter d'une seule traite, en une journée – ce que vous faites en ce moment, à usage privé : elle et vous.

Vous passez la phase « Paramount », que vous n'aurez pas la faiblesse de recouvrir de poisseuse nostalgie, sauf que vous étiez, sans du tout vous en rendre compte, en train de découvrir l'amour, le vrai, celui qu'on ne peut dépasser. Le monde étant ce qu'il est, vous savez que vous ne rencontrerez jamais « mieux ». L'amour ne peut être que ce que vous avez vécu, ou alors rien.

Il ne s'agit donc pas non plus de trop se la raconter : l'amour engage le Désir, la jouissance, la souffrance, l'angoisse et l'ennui. Une chose que vous avez tôt appréciée chez elle est son militantisme antifrigidité, impitoyable avec qui en trahit les signes, donc avec les autres femmes. En plus de poser les repères, qui sont les affects, de l'enquête, il faut aussi que les rôles soient clairement assignés : vous êtes l'« homme », elle la « femme ».

Son militantisme spécial, et rare, vous a fait comprendre ceci : seule une *femme* intelligente peut être une femme *intelligente*. Vous n'y irez pas avec le dos de la cuiller ; quitte à choquer, mais qui, pour l'instant ? puisqu'il n'y a que vous deux de concernés, par ce texte en forme de pacte scellé – quitte à choquer bien des tiers, et des tierces, la personne fantôme qui serait amenée à lire ces phrases. Mais vous savez où vous mettez les pieds. L'amour est l'autodésagrégation de deux narcissismes, dont seul l'amour se relève. À peine lui dites-vous qu'elle est belle, elle se persuade d'être moche. C'est ce qu'elle dit. À peine lui dites-vous qu'elle est intelligente, elle dit qu'elle préférerait être conne – pour aussitôt trouver refuge dans Proust, qu'elle connaît sur le bout des doigts, pour y voir plus clair, dans votre histoire.

Seule une *femme*. Parce qu'elle vous a fait comprendre ce qu'était une femme – elles ne courent plus les rues. Donc on ne va pas y aller par quatre chemins. Après l'Éden discret, qui n'a pas crié gare, comme rien ne crie d'ailleurs gare dans une histoire d'amour, à part le râle persistant de celui-ci, des baisers – vous « concluez » comme on dit vulgairement. Dans votre dialecte, vous appelez « pornologie des affects » l'érotique générale des rapports humains ; personne ne vous aura tant appris là-dessus qu'elle. La volupté qu'on partage dans l'amour dit physique, son point aveugle et précaire, la jouissance – voilà où trouver la piste de ce qui s'est passé. Ce que vous dites, c'est le contraire de : « le sexe explique tout ». Tout explique pourquoi l'étreinte des amants est le sceau de l'amour, pourquoi avec elle, et au sens le plus plein de l'expression, vous avez *fait* l'amour. Vous vient d'ailleurs à l'esprit le souvenir d'une actrice idiote, qui serait parfaite dans une adaptation de *Justine* de Sade, de par les pulsions tortionnaires qu'elle inspire aux mieux intentionnés des hommes, comme vous, et qui disait, passant à la télévision il y a une petite décennie, qu'elle n'aimait pas l'expression, faire l'amour, et pourquoi ? lui demanda le journaliste, à quoi elle répondit, fendue de son sourire insupportable, *parce que ça ne se fait pas*, elle était très fière d'elle-même, ça se voyait. Eh si, *ça* se fait, l'amour n'est que ce faire, où ce qui se passe au lit explique ce qui se passe ailleurs – la désagrégation des mots, vérité de tout rapport amoureux –, porté au paroxysme, quand c'est le grand amour qui est en jeu.

Tant qu'à se piquer de savoir absolu sur la jouissance, c'est-à-dire d'amour, autant se mesurer, à l'occasion, pour le coup providentielle, aux véritables Scientifiques de la chose ; et pour la jouissance, quelqu'un de cultivé ne peut guère voir de partenaires plus haut placés que d'un côté, Lacan, de l'autre, Sollers. Ce dernier, qu'elle, comme beaucoup de femmes, n'aime pas, et qui réserve la plus grande pertinence à ces choses, disait, justement dans *Femmes* : soit vous baisez ; soit votre parole compte. C'est l'un *ou* l'autre selon lui, et mieux vaut, à ce sujet, se bercer du moins d'illusions possibles. C'est-à-dire : ce n'est pas en ayant la mauvaise idée de baiser *voluptueusement*, qu'il faut espérer que quoi que ce soit vienne à s'arranger dans l'épreuve amoureuse, l'épreuve du feu, celle de la parole. Plus l'amour est intense, sans parler de baise, plus celle-ci, l'épreuve, sera sacrée paire de manches. Vous vous retroussez donc celles-ci, et vous lancez : s'il s'agit bien d'amour, ce qui est notre hypothèse, en gros, c'est forcément de la « baise » la plus voluptueuse qu'il s'agit, le cas d'école de toutes les « bonnes baises », mais aussi la clé de toute sublimation, car ce mot est connoté de bien des sens erronés : ne lui aviez-vous pas dit, avant même d'engager votre histoire, que vous ne sublimiez jamais ? Si. Vous ne saviez, en fait, pas de quoi vous parliez. Peu de gens savent d'ailleurs ce qu'ils disent en prononçant le mot sublimation : vous vous faites fort de rafraîchir les mémoires, et même de donner au sens, au sens réel, de ce mot, une connotation neuve. Sublimer n'est pas idéaliser l'autre, comme il est, avec ses défauts, gigantesques, vous voyez quels ils sont – la laideur, chez l'autre, et c'est pourquoi il prend les devants, elle les prend, c'est ce qu'il y a de plus facile à mettre, dans l'amour, en exergue. Des tonnes d'écrits nous inondent annuellement, de règlements de compte amoureux, où on relève, dans les moindres détails, les bassesses, les horreurs et les mesquineries de l'autre, on le salit, parce qu'il est sale.

Sublimer, c'est très simple à comprendre, c'est jouir le plus, de tout, sans avoir à satisfaire, physiquement, le « besoin » dit « sexuel » – c'est ça sublimer. Pourquoi alors votre histoire a-t-elle tourné à l'aigre ? Excellente question. Parce que c'est pareil. La catastrophe et l'hystérie amoureuses sont le même problème que la sublimation – qui est celui de l'*éternisation de la jouissance*. Cette dernière est la définition de l'amour. Il s'agit de ne pas comprendre de travers : éterniser la jouissance, c'est là où ça devient épineux, c'est en soi impossible ; donc plus il y a de « jouissance » repérée, plus il y a de l'amour, et plus elle est presque impossible à éterniser. C'est pourquoi l'amour ne marche presque jamais, dans la plupart des cas. L'amour est ce qui ne se répète pas. Il est le contraire, à ce titre, de la jouissance, qui est ce qui, étant précaire, se répète cependant, exige la répétition, veut se répéter, tellement c'est « bon ». L'amour est une jouissance qui ne se répète pas.

L'amour n'est donc pas la baise, en tout cas pas n'importe quelle baise, même des meilleures, et il y en a de très bonnes. Pourtant l'amour a partie liée avec la baise, parce que l'amour, on le fait, contrairement à ce que pense la conne. Et on le fait partout *ailleurs* que dans la baise, mais *aussi* dans celle-ci. Pourquoi celle-ci marche, et pourtant plus le reste, et du coup infirme le Désir, le Désir de baise ? Laissons donc l'amour de côté pour l'instant, et ne parlons que de baise.

Encore à malheureusement juste titre, le malvenu Sollers insiste sur le fait qu'il parle bien d'une baise intense, profonde, voluptueuse – sans préposition au phénomène plus large de l'« amour », que nous laissons donc, pour l'heure, sur la touche. Une baise, une vraie. Pas ce qu'il appelle le vague mélange tiède attendri. Ce sur quoi il insiste, c'est sur ce fait : la seule chance pour que votre parole continue à être *écoutée*, à compter, c'est que vous baisiez de la sorte, à savoir mal. La frigidité maternaliste, ou sororaliste, la douceur vaguement câline, la semi-mesure « clitoridienne », et autres conneries, tirent toujours la parole d'affaire, sont le bon de garantie qui en scelle le Sérieux définitif. Pensons à Sartre, qui s'autodéfinissait plutôt comme un masturbateur que comme un coïteur – Sollers parle d'ailleurs en un autre endroit, avec une perfidie lucide, du « pacte de frigidité mutuelle » qui lia Sartre et Beauvoir ; et de fait, ils s'écoutèrent, comme entre vieilles branches Très Sages, toute leur vie durant, dans le plus grand respect mutuel de la Parole Philosophique Dite. Là, on peut dire que la parole, elle ne se désagrégeait pas, elle pesait de tout son vrai poids de valeur. Elle, et vous, n'avez pas vraiment eu cette chance. On se doute pourquoi.

Un proverbe italien, très vulgaire, dit aussi que l'homme parle pour pouvoir baiser, tandis que la femme baise pour pouvoir parler.

Ici, vous ne savez trop pourquoi, mais qu'on n'aille pas, pour comble, vous soupçonner de mettre en œuvre quelque Stratégie secrète, vous pensez au premier regard, la première fois, en présence d'une tierce personne, que vous vous êtes rencontrés, qu'elle vous a jeté. C'était un regard où se lisait la détermination de saisir une proie, souligné d'un sourire en coin, un sourire d'une belle amertume. Son sourire, pas toujours, mais parfois, peut être amer et beau. Parfois : vous vous souvenez que ce sourire est toujours revenu, à des moments fort particuliers, après que vous vous fussiez engueulés, pour des broutilles toujours, aux effets catastrophiques ; vous vous retrouviez, dans des circonstances publiques, que nous laisserons aussi au secret, et vous, de toute votre arrogance virile, vous l'ignoriez, ignoriez son bonjour, marqué de ce sourire en coin, beau et amer, qui revenait toujours à ces moments-là.

Inutile de s'en cacher plus avant : vous avez joui, tous deux, très intensément. Mais une femme et un homme, c'est très différent, surtout quand il s'agit de vous deux. La jouissance, et le Désir, ça fonctionne, dans les deux cas, fort différemment, de manière générale. Mais voilà, l'amour, sans du tout symétriser, comme par miracle, ces deux fonctionnements, fait éclater leur vérité, et la passe dans autre chose – une autre chose qui ne se laissera cerner que si vous menez l'enquête jusqu'au bout, sous réserve de tous les tabous posés, d'un commun accord.

Pour que les jeux ne soient pas faits, quand de telles jouissances furent échangées, il y a tout intérêt à ce qu'un amour très fort soude le tout ; et trouve, à tâtons, les stratagèmes contraceptifs à la catastrophe dont une telle jouissance, et un tel Désir, affectent forcément cette autre chose – cette autre chose que le Désir et la jouissance, et qui est la parole. Bien des rencontres amoureuses n'ont pas de suite, à avoir été de très bonnes baises, du fait qu'on sache, on ne sait en vertu de quelle intuition, que ce n'était pas de l'amour.

Le Désir, plutôt le féminin, ne sait jamais ce qu'il veut – c'est en quoi l'hystérie, le long des âges, a souvent été féminine. La jouissance, elle, plutôt masculine, sait très exactement ce qu'elle veut. Quand le Désir passe dans la jouissance, et la jouissance dans le Désir, il y a une métamorphose qui se produit, et qui est l'amour. L'amour est ce savoir d'une métamorphose. Mais ce savoir ne se paie pas de mots. L'obstacle va même être, de manière dramatique, les mots. Vous l'entendez hurler d'ici : non, l'obstacle, ce n'étaient pas les mots ! c'était l'écoute, *ton* écoute (traduisons, « votre » écoute. Mais poulette, lui répondez-vous, tout en lui donnant raison, sur le fond du symptôme, l'écoute, ça a tout à voir avec les mots.).

S'il n'y a que dans l'amour que les mots blessent à ce point, c'est justement à apprendre ce qu'il en est, de l'écoute, que nous nous en sortirons, un petit peu.

Qu'écoute et mots soient unis par un lien étroit, voilà qui va, semble-t-il, de soi ; et en quoi dans l'amour ça ferait exception, c'est ce qui ne tombe pas tout de suite sous le sens. Mais justement, on confond ici deux choses, écoute, et entente. Généralement, on entend les mots, et on les comprend, point. Dans l'amour, c'est l'écoute qui entre en jeu ; elle ne s'y est, au reste, pas trompée, et c'est bien le mot *écoute* qu'elle a toujours employé, pour instruire votre procès. Il y a donc quelque chose, dans votre enquête, d'un plaidoyer ; mais aussi, avec plus de tact, car vous n'aimez rien tant que la toucher, quelque chose de votre propre, et modeste, réquisitoire. À produire les pièces défensives de *votre* écoute, qui fut parfois, vous le reconnaissez, coupable, vous aimeriez l'amener à admettre que la sienne, en matière de surdité délibérée, n'a pas toujours, loin s'en faut, été en reste. Appelons ça, dans un dialecte très connoté, la *schize* de l'oreille et de l'écoute, fort différente de celle de l'œil et du regard, chère à Lacan, et sans doute plus décisive, pour ce qui est de l'amour.

Armé de toute la puissance de votre amour, qui s'est révélé, jusqu'ici, à toute épreuve, vous entrez dans le vif du sujet, l'écoute, et sa *schize*. Vous direz en son lieu, qui est ce texte en entier, ce qu'est une *schize* ; vous l'aurez dit, une fois cette enquête finie. Là où se neutralise toute violence guerrière, dans l'amour, le jeu le plus dangereux de tous fait retour, qui met l'écoute à l'épreuve : la circulation du langage qui prend appui sur cela, la jouissance, qui a désagrégé tout langage, et éternise cette désagrégation, pour le meilleur et le pire, dans le rapport amoureux, l'amour que vous faites, au lit comme ailleurs.

Rien ne témoigne davantage, au demeurant, de ce jeu si dangereux, que ce qu'on appelle une *scène de ménage*, bien au-delà de votre histoire particulière, à elle et à vous – car le curieux est que tout s'est, à quelques faits près, joué sur des détails micropathiques, des étincelles qui ont tout fait dégénérer. Une scène de ménage, une engueulade conjugale, ne dit rien d'autre que : je ne m'en laisserai pas conter par toi, j'ai joui avec toi, tu as joui avec moi, à d'autres. Le cannibalisme de l'amour, c'est un cannibalisme sur la parole de l'autre : avoir mordu sur sa jouissance, délivre un brevet illimité, celui de mordre à l'infini sur la parole de l'autre. C'est en quoi l'amour devient miam-miam, dit Lacan. On se fait tant d'illusions là-dessus, mais ravageuses : tu *me* manges, tu *me* bouffes, mais quelle est cette malbouffe anthropophage de l'amour, toute récapitulation faite ? La parole, et elle seule.

« La » jouissance, quelle qu'elle soit, désagrège la parole. Elle est l'événement précaire où l'affect humain atteint sa propre limite. Au-delà du langage, et à l'intérieur du corps, là où le corps ne perçoit plus rien, que lui-même – cette région où vous voudriez éterniser l'amour, où on est, en somme, au paradis –, il y a la jouissance : ça n'y parle plus, ça n'y voit plus, ça n'y entend plus. La violence du ménage, eustachienne en diable, ce n'est rien d'autre que ça :

mordre-sur-le-sens-de-ce-que-dit-l'autre, et à ce jeu-là, elle n'a pas été la moins rapace. Mordre sur votre parole, la tirer par les cheveux, et les couper en quatre : partager *à nouveau* ce qui s'est *déjà* partagé, au sens propre, la jouissance : à chacun sa part, *partes extra partes*, de jouissance, et pourtant, irréductiblement, toxicologiquement, *ensemble*. Cette jouissance, il n'y a qu'ensemble que vous puissiez la connaître, l'éprouver, l'explorer. L'éclosion de l'amour a partie liée, littéralement, avec ce partage : est-ce à dire que c'est dans cette jouissance, sexuelle, qu'il y va de l'amour, que l'amour se joue – ou qu'il joue son va-tout ? Partager à nouveau ce partage : répéter dans la parole, sans que l'un ou l'autre s'en rende compte, ce qu'on a déjà partagé : la désagrégation de la parole, la jouissance. Mais ici le piège nous guette, béant : regardons-y d'encore plus près.

Par définition, *baiser*, sans parler d'amour, c'est atteindre l'affect-limite de l'autre – au-delà de cette limite, s'il n'y a pas d'amour, les deux corps se séparent, sans regret ni forme superflue de procès. Mais l'amour opère une alchimie plus mystérieuse : sa jouissance devient la vôtre, votre jouissance devient la sienne. Vous le dites parce que, sans être né de la dernière pluie, c'est la toute première fois que ça vous arrive, et vous croyez savoir qu'à elle aussi. Ce savoir, est-ce un savoir de « sexe », de baise – d'une baise si bonne que vraiment, ça veut dire que c'est de l'amour ? Vous préférez, vicieux et tordu comme vous êtes, ne pas, pour l'heure, lever l'ambiguïté.

C'est de notoriété publique : l'amour a tout d'une toxicologie. Mais justement, les seuls symptômes toxicologiques de l'amour ne prouvent pas encore que c'est d'amour qu'il s'agisse. Le seul amour, le vrai, c'est le savoir absolu sur la jouissance, qui est le Désir ; et le savoir absolu sur le Désir, qui est la jouissance. Et ça n'est plus de baise qu'il s'agit ; ça ne l'exclut pas, parce que la baise le prouve, et c'est en quoi vous n'avez jamais baisé, mais « seulement » fait l'amour, quoique ça ne s'y réduise pas. C'est sur cette illusion que vous avez, tous deux, sans le savoir, vivoté, avant de découvrir le pot-aux-roses, et d'en venir à vous interroger, est-ce de l'amour, et à devoir malgré vos affres conclure plutôt, à ce qu'il semble, par l'affirmative. C'est définitivement de l'amour.

La jouissance abandonne, à l'autre, y est livrée pieds et poings liés, et va donc, pour tout le reste, se défendre, s'arc-bouter en sachant que de soi, ce point passif, abandonné, livré, de la jouissance, a été « quelque part », mais où ? – atteint, rejoint.

Dans la jouissance vous n'êtes assurément pas dans *quelqu'un*, et pas même en vous-mêmes, mais plus loin. Elle, si rentrée en elle-même qu'elle se perd elle-même de vue, d'ouïe. Pour qu'il y ait quelqu'un, il faut se parler, et il faut se voir, et surtout, on y arrive, il faut s'*entendre*. Dans la jouissance, on peut bien, pour certains, hurler des insanités pour témoigner qu'on jouit : le nihilisme dont *l'affect* affecte tout langage s'y porte à son comble. Je vais bien/je vais mal. L'affect n'a pas grand-chose à dire de plus. La jouissance, elle, n'a rien à dire qu'elle-même, et c'est pourquoi elle ne dit plus rien. Vous n'avez pas donné, vous au moins, dans le ridicule achevé du « je jouis » : là, la désagrégation du quelqu'un, le sujet, comme on dit, la « personnalité », est à son comble. La jouissance pousse l'inconsistance, dont s'affecte le langage par l'affect, à son comble. La jouissance fait d'abord l'expérience de sa précarité, de sa rareté, et de sa dépendance à quelqu'un – quand c'est l'amour qui entre en scène, il s'agit de jouer l'amour, ici, de tout son grand jeu, mais certainement pas de *se* la jouer, et d'effacer que, pour elle et vous, amour et jouissance ont partie liée, sans que la plupart du temps vous y songiez ou le sachiez. La jouissance ne s'éternise pas, ne peut s'éterniser. En fait, elle le peut – et vous n'aurez assez de toute cette enquête pour le prouver, prouver que cette éternisation, au sens très précis que vous donnez au mot, c'est l'amour. L'amour est ce qui ne se répète pas. L'amour est une jouissance éternisée sans répétition. Elle éternise le précaire, et c'est pourquoi les mots n'y tiennent pas le coup.

Elle s'éternise en faisant signe dans la désagrégation de tous les signes. Les signes de cette éternisation se donnent dans des affects sans commune mesure avec la volupté amoureuse : souffrance, angoisse, ennui. Dans un couple, disait Balzac, il y a toujours celui qui souffre, et celui qui s'ennuie. Celui (ou celle) qui souffre le plus à tel moment a l'impression d'aimer plus, celui (ou celle) qui est plus aimé(e) qu'aimant(e) à tel moment s'ennuie plus ; ce n'est pas que ça dépende des coups, l'amour est cette tension où, quand ça tourne mal, on fait tout pour inverser le rapport – celui (celle) qui se sent blessé(e), et un mot peut y suffire, se venge aussitôt sur l'ennui de l'autre, qui l'a blessé(e) par cet ennui, et l'ennui devient souffrance, quand la souffrance devient cruauté punctiforme, pas trop fière de ce qu'elle vient de faire, aussitôt qu'elle l'a fait. Ennui et souffrance, dans l'amour, se répondent comme le désistement l'un de l'autre. Ennui et souffrance sont la pulsation toujours équitable de l'angoisse, mais jamais équitable individuellement puisqu'en effet, si l'un s'ennuie, l'autre souffre, et quand l'un souffre, l'autre s'ennuie, et ainsi de suite, à l'infini.

L'amour est le seul domaine où c'est la *lâcheté* de l'autre qui fasse *le plus peur*. L'angoisse s'angoisse d'elle-même, mais moins encore que du retour de la peur. La peur du retour de la peur, qui ne pourrait faire retour que si les couteaux étaient effectivement tirés, n'est pas « peur » proprement dite, peur de mourir, mais l'intensité-limite de l'angoisse, que seul l'amour avive à ce point. Non pas qu'il n'y ait pas de plaies vives en dehors de l'amour. L'amour est simplement là où elles s'ouvrent le plus vite. L'amour éprouve la limite de l'angoisse. C'est ce qui fait le plus peur, que l'autre recule face à cette limite pulsée entre ennui et angoisse, quand ça tourne mal et court, dans la crise et la saute d'humeur. Le refus d'aller jusqu'au bout du risque que semble impliquer l'amour, mais que, s'il en est vraiment un, il doit bien un jour surmonter, l'angoisse le partage dans l'ennui, le tempère comme ennui. Mieux vaut s'ennuyer qu'aller jusqu'à cette limite. Devant cette limite l'angoisse recule, et devient ennui. Mais l'ennui ne fait pas long feu dans l'amour, et se transfuse, aussitôt, en *souffrance* de l'autre. L'autre vous le fait expier, et affecte la cruauté que permet, un bref délai, la distance de l'ennui. Mais qui sent la lâcheté ne souffre plus seulement, il prend peur, il s'effraie. La lâcheté de l'autre n'est ni peur ni angoisse, mais refus de la peur et de l'angoisse. Elle se désiste de celle-ci, se déleste de celle-là, veut laisser toute anxiété pour compte. Le compte est fait par l'autre, qui panique de perdre l'amour. L'amour semble être à ce moment du côté de celui (ou celle) qui prend sur soi ; la part de peur et d'angoisse, dont la lâcheté est la défausse, redouble la peur et l'angoisse en terreur irrationnelle. Parce qu'ayant outrepassé sa propre peur et sa propre angoisse, dans l'amour, mais ne rencontrant dans ce franchissement que le recul de l'autre, la place, laissée nette, de la lâcheté, l'amour porte la charge dans ce lieu sans contour, où il se sent seul, de la peur abandonnée ainsi – seul avec une angoisse qu'il a tellement extériorisée à l'avance, dans le partage, que cet amour devient panique, détresse déchéante.

L'ennui est le consensus mou de l'angoisse, mais dans l'amour, ce consensus ne peut tenir le coup. L'ennui assume négativement l'angoisse, au sens où il nie, neutralise, l'intensité de l'angoisse. Intensité qui se redouble dans le désespoir déchéant de l'autre. Pour l'ennui, l'intensité de l'angoisse est trop intense pour être réellement partagée, il est le partage des eaux mortes, il assume l'angoisse, sur le mode d'un nivellement intensif à l'amiable. Mais l'ennui est littéralement mortel en amour. Tout désistement, recul, défausse, redouble automatiquement quelque part, part qui est l'autre, l'intensité qu'il désiste ; et qui devient souffrance dans l'autre. En sorte qu'on ne sait plus qui des deux souffre ou s'ennuie le plus ; on sait juste qu'il y a maldonne, crise, parties de trois fois rien, d'autant plus rien que la souffrance et l'ennui sont plus intenses. Cette pulsation co-implicative, qui ne cesse son battement dans l'un et dans l'autre, fait que dans la phrase de Balzac le partage des rôles est indécidable : au fond les *deux* s'ennuient, mais tour à tour, et les *deux* souffrent, mais tour à tour. L'ennui est d'une assomption à première vue plus commode que la souffrance, mais le leurre est vite corrigé. Qui y souffre peut bien feindre s'accommoder de l'ennui de l'autre, plutôt que renoncer à sa souffrance, mais donne aussitôt l'impression de s'ennuyer, et de produire un signe de cruauté gratuite, suscitant la souffrance de l'autre. Qui s'ennuie tolère la pénible coexistence d'une souffrance, celle de l'autre, mais ça ne dure pas, ça se paie aussitôt. L'intensité négative de la souffrance nie la pseudo-intensité de l'ennui, à juste titre, ce qui revient à nier l'amour, et faire souffrir l'autre ; voilà comment on y donne de l'amour, en faisant souffrir, donnant l'impression cruelle de s'ennuyer, alors qu'on souffrait ; tandis que l'ennui, manifesté, alimente la souffrance de l'autre, qui aussitôt rend la monnaie de la pièce comptant, fait souffrir. L'ennui, absence d'intensité, trouve dans la souffrance de l'autre, son amour, l'affect même de son absence – il y trouve l'amour qui lui manque ; cet amour lui est rendu, dans la souffrance que lui manifeste la cruauté de l'autre, qui semble du coup être celui qui s'ennuie ; l'ennui, dans l'amour, est l'intensité du non-intensif même, du néant de l'intensité dans l'ennuyé, néant qui se communique intensément, dans la pulsation amoureuse, sous la souffrance que contracte l'autre aussitôt. Seul l'amour rend l'ennui intense. Seul l'amour rend la désagrégation de la jouissance, dans la pulsation des mots échangés, si pénible, parce que seul l'amour accède à la jouissance. Vous dites bien : *seul l'amour*.

Vous faites toujours l'amour, toujours, quand vous êtes amoureux. Un exemple vient d'être donné. La jouissance de l'amour met le langage hors circuit, et le corps, à mal – le corps perçu, sensible, visible, audible, de l'autre. Mais c'est dans l'écoute que l'essentiel se joue. Dans la jouissance pure, la bonne jouissance, l'affect lui-même a cru être *écouté*. Il a eu raison de le croire ; il l'a été, de part et d'autre. Il a cru s'être présenté, vu ou entendu ; il a cru avoir été compris. Dans ces deux derniers cas, à tort. C'est dans le visible et l'audible qu'on se « présente » ;

c'est dans le langage qu'on se fait comprendre. La jouissance atteint un « miracle » discret : l'écoute de l'affect – de l'autre. C'est la scène primitive de la *schize* de l'oreille et de l'écoute. Pour frayer l'enquête plus avant : c'est mettre au clair cette *schize* qui va, peut-être, tirer d'affaire – tirer d'affaire, c'est arriver à une écoute globale, où l'un *sache* que l'autre écoute. Comme vous avez décidé de ne pas y aller mollo, disons que c'est *la femme* qui sait qu'elle est aimée à se savoir écoutée, et *l'homme* qui sait aimer quand il sent en présence de l'autre l'intensité de son écoute. En fait, bien sûr, il y a toutes les chances pour que ça se pulse dans les deux sens. Mais il faut bien donner des repères.

Que veut l'amour ? Éterniser l'essence de la jouissance, qui est l'écoute, dans une écoute permanente – où l'amour se fait à tout instant, dans la moindre parole échangée, le moindre geste manifesté. Les difficultés, la crise, s'amorcent ici, non en un point particulier du temps, mais dans cette *schize*, qui présente aussitôt qu'« il y a » de l'amour. Non qu'on soit de part ou d'autre mal intentionné, quoiqu'on le devienne, dans l'intermittence hystérique et précaire des représailles, de la pulsation ennui-souffrance, souffrance-ennui. Leur battement est pareil à la volupté de vos ventres ou à la succion hollywood de vos lèvres. Mais cette éternisation de l'écoute veut se *trouver* où elle croit qu'elle est, et où elle n'est pas : paroles, sons, visions. Elle veut à travers eux se retrouver, comme affect voluptueux, amoureux. Elle se retrouve, comme affect, mais pas du tout voluptueux : elle pulse la souffrance, et l'ennui. Là où vos bouches ou vos ventres pulsaient les frissons de la jouissance étalée, où vos touchers trouvaient les foyers comme magnétiques de l'affect – les mots ponctuent l'autre de piques et d'écorchures, les regards d'une désagrégation incontrôlable, et très pénible, de soi. C'est l'éternisation de la jouissance amoureuse qui suit ici son cours, brisé : celui de la syncope. L'amour est impossible, parce qu'il est la pulsation, le va-et-vient, qui éternise un affect *syncopé*. C'est à cet impossible qu'il prétend accéder, au bon rythme de sa pulsation. L'amour va là son train *normal*, la passion orageuse ; il veut éterniser, en rythme harmonieux, ce qui se présente aux prémisses comme le battement épileptique d'une syncope, *effectivement éternisée*. Donc tout compte fait la jouissance, on arrive bien, et dans l'amour seul, à l'éterniser, dans le battement syncopé, l'angoisse tétanique du mec et la micropathie hystérique de la nénette (disons). C'est une énigme, un rébus animé, que vous avez à résoudre.

L'écoute est d'abord oreille, ce sont des sons qu'elle entend et non du sens. Elle perçoit, avant de comprendre ou sentir quoi que ce soit. Pas la peine de vous lancer, dans la paire de personnes ici exclusivement concernées, sous l'ombre seulement virtuelle d'un tiers, dans une démonstrativité interminable, pour prouver que la perception du son est la plus proche de l'affect. Pas la peine de rappeler que la musique a toujours été, et est plus que jamais, peut-être plus qu'elle ne fut jamais, l'art touchant le plus directement à l'affect ; pas la peine d'insister sur le fait que s'il y a bien une consistance de l'errance, du précaire, du quasi spectral, du vide qui rôde, du « virtuel », de cela qui *hante* l'espace sans l'*occuper* en aucun point – c'est bien du côté du *son* qu'il faut chercher. Pas la peine, donc, au-delà de ce rappel simple. La musique est l'art qui agence ces sons, de manière à ce que la fluctuation errante de ceux-ci agisse au mieux sur l'émotion, à travers la perception qui les médiatise sans médiation (= langage). Le son est ce percept qui va quasi « directement » à l'affect. Mais il est plus retors que ça, puisqu'il transmet aussi des sons qui sont du sens, des mots, de la représentation – « je suis quelqu'un, un ou une-telle », c'est de la représentation, du baratin, que la jouissance, par exemple, désagrège.

Plus important que la musique, il y a l'amour. C'est même la raison pour laquelle tant de musiques, des pires aux meilleures, nous bassinent avec. Et dans l'amour, l'assomption de la *schize*, qui divise l'oreille et l'écoute en mille morceaux, tous plus pathogènes les uns que les autres, s'avère infiniment plus délicate à négocier ; la musique, vous vous allongez, ou faites votre vaisselle, pour l'écouter ; dans l'amour, vous devez donner du vôtre, tous deux, parler, bouger, être présents, manifester, bref *exister* et exister avec cette *schize* ; non seulement vous êtes ce corps, perçu, regardé, entendu – et non ce simple affect éthéré, suspendu en lui-même –, mais en plus, sauf à être, ça arrive, aphasique, un être de *représentation*, de parole, de sens, et d'interprétation. Tout cela va se mêler, en rangs que vous croyez, à les saisir comme ça, serrés, alors qu'ils s'atomisent, se dispersent, sont là où on ne les soupçonne pas, et sont hallucinés là où ils ne sont pas.

L'amour est le témoignage de la désagrégation du narcissisme de l'autre ; ce qui explique que l'affaire tourne si souvent en sadisme, en masochisme, en psychofrigidité et autres joyeusetés. Votre amour étant au-dessus, vous vous interrogez, de part et d'autre, espérons-le, sur les moyens d'y parer, qui ne peuvent tenir en quelques bonnes résolutions.

Ils auront tout intérêt à se serrer en un *art*. L'ambiguïté dont ce dernier terme s'enveloppe ne doit pas être dissipée ; au contraire, toutes ses connotations, en remous concentriques, dans sa tête comme dans la vôtre, sont bonnes à prendre. Cet art doit être la bonne pulsation de quelque chose qui se désagrège ; et qui donne à cette désagrégation son sens positif. Une désagrégation, pour ce qui touche à l'amour, sans quoi le défi n'en est pas relevé, n'a rien d'un anéantissement, d'une disparition, d'un effacement ; et tout d'une *hantise*, d'une persévérance, d'une tension dont on ne vient jamais à bout. Elle demeure quand elle est absente pour vous, et quand vous l'êtes pour elle, généralement au même moment, mais pas forcément ; puisque la foire d'empoigne conjugale, c'est : tu ne m'écoutes pas, tu ne me fais plus l'amour, donc tu n'es plus là, avec moi, et je me fous que physiquement tu le sois.

Il s'agirait donc, aux dernières nouvelles, d'une jouissance, d'une *certaine* jouissance qui se désagrège dans le rapport amoureux. Cette jouissance ne se laisse pas repérer, quoique au lit il n'y ait réellement rien à redire, si on tient à prendre les choses par ce bon bout. Malgré votre pudeur orgueilleuse, d'Arabe encore trempé du sang natal, il ne faudrait même pas trop vous titiller pour que vous lâchiez un mot comme : sublime. Vous en convenez, sans trop minauder. Mais c'est d'une jouissance qui enveloppe le tout de la relation que vous vous souciez ; c'est cette jouissance qui ne trouve pas son rythme, sa bonne pulsation. L'éterniser, ce serait pas mal, vous dites-vous, au jugé, puisque cette éternisation, sans loi compulsive de répétition, qui ne répète que la crise, le mauvais génie de la désagrégation, ce serait quelque chose comme l'amour heureux, le bonheur, le parfait amour.

Vous faites retour sur ce que vous lui disiez sur la sublimation, et vous en êtes là à sublimer. *Éloge de la sublimation*, voilà qui aurait sonné chic, comme titre de livre, très Saint-Germain-des-Prés. Sublimer n'est pas idéaliser l'autre. Vous reviennent en mémoire les longs premiers moments de votre amour, et leur joie, la joie d'être avec elle, et la sienne, d'être avec vous. Témoins, chacun, de la désagrégation de l'autre, de la représentation des amants, synonyme de cette jouissance, érotique comprise, éternisée – cette désagrégation se poursuit en son absence même. Il est à prier qu'elle fasse au moins un peu, pour son compte, de même – mais à chacun sa conscience, et la place qui lui revient. Cette désagrégation qu'ont prolongée les moindres paroles, les moindres gestes, les moindres regards, s'intensifie de plus belle à ne plus se voir l'un(e) l'autre. Vous repensez à ces moments, vous éternisiez quelque chose, dans l'orbe errant, entre vous, et autour de vous, des gestes, des sons, des odeurs, des touchers, et des paroles échangées. Vous y repensez et vous faites une raison : c'est là que le glissement s'est opéré. Vous avez eu beau rectifier le tir, le mal était fait.

Vous ne fonctionniez, jusque-là, qu'à l'amour, cela va sans dire. Et vous continuez, d'ailleurs, de plus belle. Elle a commencé, à un moment, à vous tomber dessus, à caprices raccourcis. Vous étiez à l'écoute de l'affect, et patatras ! se détectèrent en vous les signes indubitables d'inattention, de *non*-écoute. Non seulement l'affect est écouté, à travers l'œil du regard, l'oreille des sons, le toucher de la main ; mais dans le sens des mots, l'écran de l'interprétation, jusqu'au Cerveau. L'écoute, c'est cela qui va au cœur, c'est le fil d'Apelle qui coupe dans le vif des sens (les « cinq »), du sens (la parole), et de l'affect (Vibration intérieure du Rien). Ni la vue, quoi qu'on croie, ni le toucher, quoique les paroles « touchent », ni le goût, ni l'odorat, ne traversent les trois. L'écoute est seule à passer à travers tout ça, à la fois, par sa coupe, fil très fin qui s'insinue partout, en quoi il peut faire le plus grand bien, et le plus grand mal. La parole et l'écoute sont l'orbe concave qui enveloppe tout ce qui peut se passer en amour, tout ce qui s'y produit est contenu, enveloppé par l'écoute ; celle-ci écoute l'affect, au plus noué de la syncope intime, qu'il retourne de la jouissance, ou de la souffrance traumatique ; elle écoute des sons, et elle écoute du sens, le sens des mots, qui sont remous de sons, et d'émotions, des émotions les plus enfouies. Elles ne viennent au monde que par ces sons, et par ces mots. Le visage exprime, par ses « expressions », l'émotion, mais l'écoute va plus au fond, elle est abandonnée, à la vibration profonde, à la torsion de l'émotion, qui ne peut se dire, se montrer, se transcrire, et pourtant se dit, se transmet, se trahit elle-même, se donne à écouter. Faire l'amour, physiquement, c'est avoir été à l'oreille de cette écoute-là ; votre parole, qui ne tirait pas, jusque-là, à conséquence, du fait qu'elle n'était que sens, après l'amour est passée insensiblement à autre chose, elle ne peut plus être que sens, mais résonance, qui trahit ; et qui trahit l'affect, la syncope partagée, partagée dans l'amour, dans l'amour dit physique, où plus rien ne peut se cacher, et surtout pas le vide syncopé, celui de l'affect, que les mots ne pourront plus voiler, mais auront à charge, à compter de ce point, de dévoiler. Il se dévoile à vous, dans ces mots, qui n'ont plus rien à cacher. Ils n'exhibent pas davantage, ils sont pudiques, comme elle, et c'est un des aspects essentiels par où vous l'aimez, d'un amour si profond – et pourtant, votre parole est entrée en déconsidération, vous avez failli à l'écoute, et depuis l'eau ne cesse de couler sous les ponts, sous ce rapport, entre elle et vous, ce pas ou cet essor, au-delà du vide, cet élan au-delà du vide qui vous sépare, et qui ne s'exténue pas, et qui est désir, amour.

Étant ce que vous êtes, car vous, c'est quand même moi, avec tout ce qui va avec, la déflation est très rude – celle que subit votre parole, dans le soupesé de son vrai poids, sa valeur de sens, de signification. Mais la communication amoureuse ne se repaît pas au menu frugal de la signification, du sens, des mots dans leur valeur propre. Ces mots résonnent, désormais, et non plus seulement comme des sons sonores, pourvoyeurs de sens ; ils résonnent de tout le vide syncopé de l'émotion, celle qui se donne en amour, et amoureusement. Qu'est-ce qui a bien pu subir ce glissement, à partir, et ce n'est qu'un repère, mais important, de l'amour dit physique ? Qu'est-ce qui semble y donner raison aux lamentables diagnostics sollersiens, si souvent vérifiés, et risquant d'y classer l'affaire, cette affaire que vous paniquez de voir vous échapper ? Voilà l'amour de votre vie, celui qui vous a changé, vous avez tout, mais alors tout, fait pour ne pas le perdre, et cela parce qu'elle vous a changé. Vous savez qu'elle est « faite pour vous » ; vous n'aviez aucun stéréotype féminin, c'est elle, comme elle est, qui s'est imposée à votre cœur, vous savez désormais ce qu'est avoir, pleinement, un cœur pour quelqu'un, parce que l'amour, c'est le battement, la pulsation éternisée d'une syncope, votre cœur, désormais, pour la première fois de votre existence, pourtant bien chargée, bat pour quelqu'un, ne bat que pour ce quelqu'un. Parce que tout le rapport, en sa présence, comme en son absence, à ce quelqu'un, bat la pulsation d'une syncope, éternise, merveilleusement ou atrocement, une jouissance – et une jouissance qui ne se prête pas à définition, sauf celle, totale, de votre amour –, éternisée, éternisée dans la moindre nuance de votre rapport. Ce n'est pas parce que vous fûtes « au cœur » de la jouissance que la parole ne compte plus, celle-ci compte *d'autant plus* qu'elle n'est plus « seulement » parole, qu'elle est bien plus. Chez l'être parlant, la jouissance, physique par exemple, désagrège sa parole – il cherche donc la jouissance dans la désagrégation, partout et toujours, de la parole ; on pourrait dire ça, pour expliquer ce qui entre vous ne va pas. On désagrège exprès la parole, pour retrouver la jouissance, du fait que celle-ci désagrège la parole, automatiquement. Elle ne tend plus l'oreille à *ce* que vous dites, le misérable « sens » – elle tend l'oreille à *votre* écoute. L'oreille que vous tendez à « ce » qu'elle dit *elle*. Et ce qu'elle dit n'est pas, loin s'en faut, le sens de ce qu'elle dit ; elle dit bien plus, et est *en droit* d'exiger une écoute proportionnée à ce « bien plus ». Elle tend l'oreille à l'oreille que *vous* tendez, à *ce* qu'elle dit *elle* ; et *ce* qu'elle dit pousse la *schize* à son comble, car elle ne dit plus le sens des mots, elle dit ce qui les menace, les oblitère, les voue à l'échec, les désagrège à peine communiqués.

Le bât des mots a si souvent blessé en vertu de tout ça. Ne pas vouloir lâcher prise, malgré le pire, ne pas *pouvoir* lâcher prise. Quelque chose d'assez neuf s'est produit, pour en venir à bouleverser tout ce que vous aviez cru pouvoir connoter du mot : amour. Cette jouissance qui ne lâche plus rien, et produisit l'effet d'un entredéchiquetage cannibale, aux pires heures, trouvait sa prise sur les mots de l'autre ; *mordre* sur la représentation que se fait l'autre de lui-même, voilà la plus grande facilité du rapport amoureux. Voilà qui plaide assez en votre faveur, malgré tout ; prouve à quel point vous êtes tous deux *mordus*. Toute cette sanguinolente charpie narcissique, qui n'a pu, d'un côté comme de l'autre, se dissimuler trop avant, – et toutes les illusions sur soi qui y sont tombées, pour s'en relever, clopin-clopant, – et toute la mauvaise foi que chacun y a mise, pour se relever, boitillant, et se sauver, sans pouvoir renoncer à l'autre, – sans du tout non plus réussir à rétablir la situation, et s'étant trouvé, pour tout dire, en dessous de tout, pas à la hauteur, un peu miteux, – tout cela, vous y avez eu plus que votre part, et en avez marre.

L'homme italien est la honte de l'Europe, quand on veut bien y penser honnêtement. Heureusement que les femmes rattrapent la donne de départ. Leur proverbe, comment le traduire, dans vos propres termes, le vocabulaire de votre enquête ? Vous n'y irez pas là non plus à moitié. Ce proverbe dit : pour le mec, la représentation, la parole, n'est que moyen en vue d'une fin, la jouissance, tandis que la femme prendrait appui sur une rencontre, pour elle, plus hasardeuse, de la jouissance, pour accéder à la représentation, à l'ordre du langage. Vous ne pouvez plaider l'indulgence du jury, et qu'on ne se hérisse, à ce que vous formuliez ces énormités. Vous ne pouvez émettre des choses aussi monstrueuses, en demandant qu'en plus, on ne vous prenne pas tout à fait à la lettre, qu'on ne se laisse pas prendre à ce piège que vous tendez, tellement c'est gros. Fort heureusement, il n'y a pas de témoins. C'est entre elle et vous que se tisse la confidence, qui n'en est pas tant une, qu'une matière à réflexion, demandant à être retournée, ectropiée. Si nous admettions, par simple hypothèse, le proverbe, alors la situation s'expliquerait sur le malentendu, glissé dès le début, comme un virus. Les amants se renverraient, en miroir, le même reproche à l'infini, pour mieux se dissimuler à eux-mêmes le malentendu : tu ne m'écoutes pas, tu ne m'écoutes plus, tu veux bien écouter ma jouissance, mais pas ma souffrance, tu veux bien m'écouter t'écouter, toi, mais ça fait un bail que tu ne m'écoutes plus, moi – mais alors plus du tout. Ça peut aller loin. La *schize* continuerait à se jouer d'eux.

Vous êtes, ne l'oublions pas, le mec, jusqu'à nouvel ordre. Est-il encore utile de s'appesantir ? Oui. Tous les éléments doivent concourir au croquis précis, celui de la pulsation amoureuse, dans les rares lignes claires que laisse, après long délai de réflexion, se dégager l'embrouillamini de la situation. Il *faut* tenir bon. Ni vous ni elle ne pouvez vous flatter d'aucun mérite, en la matière ; quand la passion vous tient, et commande d'avance à tout ce que vous pouvez déployer, il faut garder un minimum de modestie, quoique vous parveniez à pousser le diagnostic plus loin qu'il n'est d'usage, où on jette l'éponge tôt, dépressif et dépressive, fourbus par une telle dépense d'énergie. L'énergie est toujours finie, limitée ; elle ne s'infinise qu'à se répéter ; elle, d'une santé précaire, donne toute celle dont elle est susceptible, et vous lui en savez gré. Vous n'écoutez pas, vous dit-elle, et elle, n'écoute à son tour, mais alors, plus rien du tout, de ce que vous dites. Elle ne cesse de couper votre parole au milieu, de ne rien vous laisser développer, de vous tenir, très fébrilement, sous un couvercle, où sans crier gare vous êtes en ébullition, ébullition qui risque fort d'exploser à un moment ou un autre, ce qui fatalement arriva, mais nous n'en dirons pas plus long. La parole, c'est plutôt votre truc, et qu'elle vous rende, contre toute raison, *aphasique*, nous sommes, ici, au comble de l'absurdité. Quelque extrême précaution que vous y mettiez, à ne pas perdre une miette de ce qu'elle dit, vous êtes sur la corde raide. Ça ne tient qu'à cette corde, à ce fil précaire – et est-ce vous qui vous émiettez à peine sa susceptibilité croit-elle détecter un défaut d'écoute, ou le fil qui risque à tout instant de rompre, sous l'assurance douteuse de votre équilibre funambule : c'est en tout cas, cette corde ou ce fil, *l'écoute*, car pour ce qu'on en sait, désormais, de l'écoute, c'est : *on ne sait plus où elle se trouve*. Est-elle dans le sens ? dans le son ? dans l'affect ? Elle-même, non l'écoute, mais elle, la femme pour qui vous menez l'enquête, serait bien en peine de le dire. Incroyable mais vrai, c'est *vous*, mec, qui êtes écroué, et à double tour, au drame classique de l'*hystérie* : votre parole est lettre *morte*, ne compte plus pour rien. Et chaque parole lancée pour sauver la mise vire en nouveau tour d'écrou, serré sur votre aphasie. Donc, *in memoriam* le proverbe italien : qui a été écouté au vif de sa jouissance intime, à être une femme, accède dans votre écoute, de mec, aux limites extrêmes de la représentation de soi, la parole. Elle s'y sent chez elle, en vous, dans votre écoute, clés en mains. De votre amour vous êtes *esclave*. Et votre vie, de votre plein gré, *est* vouée à épouser, dans les nuances infimes, la houle intérieure des affects de l'autre, qui accède à un *lieu* où déployer cette représentation de soi, tenue jusqu'à ce jour soigneusement à part. Ce lieu, c'est Vous. Et cette *fonction* de l'amour, vous n'en faites pas un problème, a priori. Il s'agit de tenir cette fonction, et la pleine assomption de cet état fonctionnel, à recevoir, de votre part, réponse affirmative, devrait marquer, de son sceau définitif, votre amour. C'est un fait, mais si vous croyiez que ça devait se passer sur des roulettes, attendez-vous, encore une fois, au plus cuisant démenti. Dans l'amour, c'est l'être-fonctionnel – vous priez pour qu'elle n'y voie aucune connotation péjorée – de l'aimé(e) qui devient *convecteur* de l'intériorité de l'émotion, en extériorité de la représentation, en parole, en langage, en marque. Elle y a, tout bien pesé, tous les droits.

Elle est trop intelligente, beaucoup plus, en l'occasion, que vous, pour prêter attention à la façon dont vous entendez, au sens de *comprendre* et c'est tout, au sens du sens-sémantique-de, ce qu'elle dit. Ça, ça va quand même de soi, ça devrait couler de source, comme on dit ; mais ça ne coule plus, ça bloque, ça endigue, parce qu'il y a plus, plus à exiger que ce maigre compte du « comprendre », ce qu'elle dit. Encore vous faut-il résonner de ses sons, et épouser le ressenti de *ce* qu'elle dit vraiment – les allotropies de ces sens sémantiques, et de ses sons, tirent à un gisier plus profond, puisent à la ressource d'un vide essentiel, qui ne se dit pas, ne peut se dire, et vous avez été, mutuellement, témoins de cette impossibilité de dire, dans l'amour physique, le vide d'une certaine syncope, d'une certaine pulsation, d'une certaine *émotion*, qui affecte tout ce qui se dit du tremblé de sa désagrégation. Elle sait, contrairement à vous, qui êtes en l'occurrence très con, qu'elle ne vous la fera plus sous le rapport de la représentation, du baratin sans conséquence ; et ce n'est plus ça qu'elle écoute, dans votre écoute. Elle en veut pour ce qu'elle vous donne, vous offre, ni plus ni moins. Et vous, qui n'avez pas été sans savoir quel amour elle vous offre, êtes manifestement en dessous de la demande, et de la situation. Vous êtes en dessous de tout.

L'affaire devrait être pliée, et entendue ; vous vous aimez, d'un amour plutôt fou, elle le dit, vous le dites – et sans avoir à le dire, explicitement, vos deux expériences, acquises au long cours, quoiqu'elle soit un peu plus jeune que vous, font consensus, sans mots : ça n'a jamais été mieux, mais peut-être eussiez-vous gagné à en prendre conscience, et vous deux, un rien plus tôt, car il est déjà trop tard pour réparer la faille, déclarée dans la pulsation de la crise, de la souffrance, de l'ennui, et de l'hystérie, dont le contrôle vous échappe à tous deux, à présent, entièrement. Quelque chose s'enraye, de façon dramatique, et c'est *votre* écoute qui est clairement en cause. C'est comme si elle n'écoutait plus que ce dont vous avez jusque-là donné des preuves si concluantes : l'art méticuleux d'écoute de *son* affect ; mais quelque chose est à présent comme bloqué, comme une crampe dans la transmission. Il ne suffit pas d'entendre (son), ni de comprendre (sens), mais bien d'*écouter* (l'affect) – et comme entre en considération l'élément *n*, que nous devons ici taire, l'effet est dramatique. Quelque chose de profondément *enroué*, crispe et convulse la transmission sur elle-même, vous laisse tous deux sur le tapis. N'est-ce pas elle qui se prête à confusion ? Vous seriez assez fondé à le croire – mais ce n'est pas si simple, et vous êtes très responsable du résultat, même si la suite, après vous être excusé, en paroles, et amendé, en faits, prouvera qu'elle abuse un peu sur les bords, quelles qu'aient été vos conneries objectives de mec ; que sa sollicitation tyranniquement déclenchée, à la faveur de vos ratés coupables, d'une écoute *absolue*, dont vous vous efforcez de remplir toutes les demandes, a un peu tendance à virer au délirant, à une micropathie injuste et traumatisante de caprices, abattus à vos frais. *Trois secondes* d'inattention, deviennent trois heures d'invectives, jettent trois jours de froid, avec la chance statistique que ça se reproduise les trois jours d'accalmie écoulés. Mais vous l'aimez. Vous pensez à la scène d'un film, magnifique, où le héros dit à sa compagne qu'avant elle, il ne savait pas ce que signifiait le mot amour. Vous pourriez le lui dire, à elle, et ce serait en dessous de la vérité. Vous portez en vous tout le prix de ce qu'elle vous a donné, et précisément parce que vous l'aimez, vous acceptez la position victimale où elle vous cantonne ; même si elle n'est pas moins victime de la situation que vous, et pas beaucoup *plus* responsable ; à proportions égales, disons, même si, cette égalité, nous ne pouvons la peser, sur quelque balance donnée. Vous êtes prêt à *tout* pour vous en sortir ; réellement à tout.

Pour que votre parole, au stade où vous êtes parvenus, ait encore eu une chance d'être maintenue en crédit, comme parole de sens, il eût fallu soit ne pas être amoureux, soit ne pas faire l'amour. Au point où vous en êtes, vous *savez que c'est la même chose*. L'amour, vous le *faites* à tout instant, en toute occurrence, crises comprises. Vous le *savez*, sans en être encore l'un et l'autre « conscients ». C'est le seul enjeu de cette enquête, en prendre « conscience », l'écrire pour le partager, pour savoir avec vous ce qu'elle sait dans les faits – ce que vous *avez su* dans la schizophrénie de l'oreille et de l'écoute. Sa micropathie de caprices et de railleries blessantes – c'est vraiment comme si on mettait la main à une pâte ulcéreuse, touillée dans votre ventre –, déchaînées sur ces conneries de mec dont vous avez reconnu, profil bas, la vérité, a révélé après amendement la béance – autre ulcère, le sien – d'une demande d'écoute sans fond, et que cette béance, une fois la crise déclarée, n'arrive plus à se refermer, ne *sent* plus votre écoute, *n'entend plus que vous l'écoutez*, son oreille intérieure, son écoute, se bouche désormais à tout ce que vous dites, sur quoi pèse à tout instant le soupçon d'une entourloupe, d'une intention plus que suspecte, peut-être bien criminelle. Faisons encore un pas – un pas en arrière. L'hypothèse est le passe-temps de l'angoisse. C'est pourquoi son exercice est si souvent ennuyeux. Elle fait *retour* sur ce qui ne se présente plus, et passe en revue toutes les perspectives.

C'est ce que vous avez fait de part et d'autre. On ne saurait assez se prévenir contre les effets immanquablement dépressifs de la paranoïa *a posteriorique* des hypothèses, et leurs conclusions infailliblement inutiles. Avant d'être une construction intellectuelle, un tour rhétorique, elle est le passe-temps cancéreux de l'angoisse solitaire, son rhizome oiseux. Le désespoir est l'angoisse solitaire ; tandis que l'ennui est l'angoisse en commun. Dans l'amour, la co-implication des deux fait perdre la boussole. Seuls, vous continuez à brouiller les cartes, à former en tous sens des hypothèses mutuellement paranoïaques. Comme l'actualité de votre amour est suspendue, il ne vous reste qu'à vous ennuyer seuls et à vous désespérer dans l'« ensemble » de votre amour séparé, dans vos têtes. L'ennui *sans l'autre*, sans la présence dite « physique » de l'autre, est un désespoir *avec l'autre*, sans cette présence « physique » de l'autre – qui se donnent forme dans le réseau proliférant des hypothèses ; et qui répondent à ce clivage schizoïde entre oreille et écoute, où l'écoute glissante, de l'un et de l'autre, faisait d'ailleurs, en sa présence physique, conclure à l'absence de l'autre. Telle est la schize de l'écoute et son oreille : en présence « physique » elle fait conclure, dans l'hystérie et la crise qui éclatent, à l'absence de l'autre, tandis qu'en son absence physique, elle le rend plus présent que de raison. Vous avez essoré toutes ces hypothèses avant d'écrire ce que vous lui écrivez actuellement ; actuellement, vous recréez la vérité de votre amour, en refaisant le chemin exact de ce qui s'est passé, sans la moindre hypothèse, mais sans la moindre imposition de certitude. Sans le moindre doute, mais sans savoir non plus ce qui va s'ensuivre. Rien que les faits.

La *schize* de l'oreille et de l'écoute vous a divisés. Elle n'a vocation que de (vous) diviser. Elle pulse la syncope amoureuse. Elle aussi, de son côté, a passé en revue toutes les découpes de ce qui coince, pour établir les motifs, les raisons. Peut-être n'étiez-vous intéressé, après tout, que par le « physique » ? Par une bonne baise, quelques-unes de vos allusions tendraient à le confirmer ? Et que votre défection d'écoute, que votre amendement n'a pas à ses yeux rattrapée, fait tirer la conclusion que vous n'êtes intéressé que par l'écoute de l'affect positif, la jouissance, par exemple, intracoïtus, mais qu'au moindre affect négatif, extracoïtus, vous êtes aux abonnés absents, dur de la feuille ? Vous vous êtes monté la tête, qui sait ? Et qu'en somme, elle a eu raison de vous faire subir ce qu'elle vous a infligé, et c'est de bonne guerre. Bien fait pour votre gueule de macaque voyoucrate. Le problème est qu'elle *fait* encore cet amour que vous ne faites plus, en se perdant en ces conjectures ; mais surtout que votre amendement a été honorable, non que vous n'ayez rien à vous reprocher, mais vous aviez tout fait pour que ça cesse – et c'est elle qui a infirmé la seconde chance que votre amour méritait de plein droit. Au pied du mur, elle fait face à ses propres responsabilités – vous.

De votre côté. Vous ne pensez qu'à elle, à son problème *n*, à sa vie, à ses angoisses, aux névroses qui s'ensuivent, aux défauts dont ils l'affectent. Et puisque vous avez décidé de ne pas y aller de main morte, vous allez encore précipiter les choses. Actuellement, vous lui *faites* l'amour. Dans l'érotisme, il y a des *fonctions*. Mec, femme. C'est comme ça, on n'y peut mais. Et tant qu'à vivre, ce qui vous convient, dans le tao, vous ne vous ferez pas prier. Si ça n'avait été que question de jouissance, physique, vous en seriez à écluser les soirées mondaines, et à lever à la chaîne des *top models* à la con, pour en tirer le nième roman de la rentrée, à exemplaires n, mettant un point d'honneur à rater l'essence de même lettre, dans les vies décrites dans ces récits, comme dans leurs « pensées » de l'essence *n*, l'amour. Mais voilà, aucune autre femme ne vous intéressera plus. Au point dont vous parlez, c'est la vérité vraie. Votre jouissance, c'est elle. Le simple fait qu'elle *existe*. Votre sublimation ne dépasse pas le niveau d'un compte fait de la réalité telle qu'elle est. Une pouliche comme elle, ça ne se trouve pas sous le pied d'un cheval. Elle vous a tout appris. La vertu est l'érotique la plus pointue, dans les temps qui viennent. Vous la tenez en haute estime pour ça. Vous pensez d'elle ce qu'elle ne veut pas savoir d'elle-même, comme à n'en pas douter elle sait de vous, ce qu'à votre propre sujet vous voulez ignorer. Mais enfin, trêve d'à-côtés. Vous aviez promis d'en venir à un certain fait.

Dans le coït, le va-et-vient des bassins, que se passe-t-il entre mec et femme ? Vous me le recopierez autant qu'il faudra.

La femme tient *la jouissance de l'homme sans la* ressentir ; *l'homme* ressent *la volupté de la femme sans la* tenir.

Le ressenti de l'acte donne sa mesure du côté femme. C'est *sa* jouissance la vôtre, et vous n'en avez plus d'autre. Vous saviez peut-être ça avant, mais de manière très confuse. Maintenant c'est un *savoir absolu*. L'amour est un *savoir absolu sur la jouissance*. On ne prête qu'aux riches, et tout le monde, désormais, se suspend à vos paroles dès que vous en dissertez. *N essence dudy*, tel est désormais votre surnom en milieux avertis ; vos conseils deviennent sollicités avec suspension. Vous devenez le conseiller conjugal parfait. C'est elle qui vous a fait savoir *ça*. Aucune autre femme ne la remplacera jamais. Jamais. Vous voudriez lui faire part d'une intuition, que vous avez depuis longtemps. Vous êtes sûr que ça lui donnera matière à réflexion. Depuis longtemps, vous avez la certitude que la vérité du désir, et de la jouissance, s'étale dans les kiosques à journaux. L'amour est la vérité qui surmonte et annule complètement cette vérité psycho-biologique des kiosques à journaux. Sur la vérité du désir féminin et la vérité de la jouissance masculine, qui n'ont au fond rien de vrai, que pour 99 % de la population, mais pas pour *votre* histoire.

Presse masculine = porno. Presse féminine = presse féminine. Quand vous disiez, çà et là, que la presse féminine *est* la pornographie des femmes, la levée de boucliers était immédiate. Ça en dit pourtant long. Preuve à l'appui, n'êtes-vous pas allé jusqu'à accepter de figurer dans un magazine féminin pour faire un petit signe d'amour à votre pouliche lointaine ? Si. Ça revenait à vos propres yeux à poser en *pin-up* mâle. La honte. Que ne feriez-vous pas. On peut dire que la passion vous porte aux dernières extrémités. Le porno mâle : l'Éden adolescent de la masturbation. Jusqu'à un âge tardif tous les adolescents mecs consomment compulsivement du porno. Vous avez fait de même, sans regarder au détail, tout est bon à prendre. Vos premières expériences de terrain conclues, quelques doutes sont semés dans votre esprit, qui ne feront que s'accentuer avec le temps, sur la réalité des jouissances exposées, à quelques exceptions. L'amour vous a ouvert les yeux : le porno est un cortège mortuaire de frigidité féminine *réelle*. Depuis que vous l'avez connue, elle, avant de mettre en relief ce que vous venez de dire, vous avez constaté un symptôme frappant : la vague idée de vous tourner vers un produit porno vous émoustillait autant qu'un magazine de chasse et pêche. Il s'est forcément passé quelque chose, là. La toxicologie d'elle vous a coupé les vivres de toutes les autres, porno, masturbation, alcool, drogues, polygamie, regarder aux autres filles – c'est-à-dire de leur simple envie. Est-ce qu'il y va d'un certain miracle, d'un certain exploit ?

Tout depuis le début le confirme, mais ça ne s'arrête pas. Quelqu'un a osé vous dire que les femmes frigides étaient les « meilleurs coups », parce qu'on pouvait en faire « tout ce qu'on voulait ». Voilà bien la vérité masculine du porno, aucun doute n'est permis. Les actrices y *abattent* les jouissances masculines – comme c'est à elle que vous vous adressez, et même si ce n'est pas une sainte-nitouche, vous ne dresserez pas l'inventaire, au demeurant très pauvre, des figures de style du porno. Le porno masculin, s'entend. Car vous *savez* désormais que si le porno masculin est d'une bêtise presque ineffable, d'autant plus qu'à être un mec on est soumis au processus et à l'*automaton* érotique qu'il révèle, la presse féminine *est* la pornographie des corps adjectivés de même. Vous avez fait de plus en plus le tri dans le porno, et désormais le pot-aux-roses vous saute aux yeux : il n'y avait là *rien*. Quelques initiés d'élite le savent. Le désir féminin, réfléchi dans sa « presse » comme le masculin se réfléchit dans la sienne, le cliché est connu, enveloppe tout, traverse tout. Il a une saisie globale de lui-même, tandis que le masculin, c'est le moins qu'on puisse dire, se localise, se focalise. L'homme est suspendu à sa jouissance, c'est l'essence de son désir, la femme atomisée dans la schize omnivore de son désir, où elle trouve l'essence de sa jouissance. Ou pas : on a baptisé ça l'hystérie.

On peut dire que vous brûlez. Vous avez accumulé des matériaux très disparates, qui se focalisent dans l'énigme résolue de l'enquête, sa solution, le secret levé, l'essence *n*. Mais justement il est de l'essence de ce secret de ne pas se dévoiler en un coup de théâtre final. Le but est que le secret devienne l'enveloppe, l'ozone où vous baignez et qui vous protège, sans trou malvenu. Il s'agit de faire en sorte, au possible, que le secret ne puisse se trahir de nulle part. *Le secret n'est plus recelé, c'est lui qui recèle*. Vous aviez écrit ça, jadis, sans trop savoir où vous vouliez en venir. Maintenant vous savez. Le point d'application est aveuglant. Recelés par le secret de l'essence *n*, qui n'est pas son secret *n* à elle, vous devriez ne craindre rien de personne ; c'est de vous deux qu'est venu le danger ; et peut-être que ce danger, exposé au dehors, à l'adversité malveillante du ressentiment amoureux universel, livrera son secret, qui est seulement d'être à toute épreuve. De cette épreuve vous devriez vous relever, à relever *toutes* les épreuves du dehors : l'amour qui s'y dégrade à toujours plus faible intensité que le vôtre, à vous deux.

Il n'y a pas de jouissance dans le porno masculin, car les acteurs y *jouent* – des rôles. Or on n'y peut *jouer la jouissance*, car l'amour ne se joue pas. C'est-à-dire qu'on ne peut *en même temps* jouer la jouissance *et* l'amour. On y jouit, payés pour ça, c'est pourquoi on ne s'y aime pas, et qu'on est même incapables de *jouer* l'amour. Dans l'amour vrai les deux s'identifient. Dans un film normal, on peut jouer l'amour, *car on n'a pas à jouer la jouissance*. Si on devait jouir, et certains films, à avoir produit ce type de scènes « non simulées », n'ont pas apporté la preuve contraire, la contre-épreuve : si on jouit, on ne peut simuler l'amour. L'amour *peut* être simulacre, dans les films, au théâtre, en musique comme dans la vie, mais sans qu'on y jouisse en vrai, parce qu'il n'y a pas de jouissance *simulée*. On peut *jouer* l'amour à condition de ne pas avoir à jouir. Ce qui a pour piège pervers de mettre la jouissance *amoureuse* à rude épreuve, et vous deux dans de beaux draps, ceux que vous torchez ici.

Avoir à jouer ce qui ne se « joue » pas, la jouissance, ce serait l'impasse de laquelle le porno n'est jamais parvenu, depuis trois décennies qu'il existe, à sortir. Le jeu de la jouissance met hors jeu tout simulacre du « je », toute personnalité dans son semblant, et le cinéma, comme on dit, « qu'elle se fait ». Dans le porno féminin, la presse féminine, on ne croit pas à l'amour féminin tel qu'il nous est pourtant détaillé sous toutes les coutures. Là où le porno masculin se braque sur un centre obsessionnel, le désir féminin, dans la presse du même adjectif, s'atomise partout, ne laisse aucun recoin à l'abri de la sonde. L'amour, vendu par la presse féminine, comme vérité de leur désir, enveloppe tous les aspects existentiels, et pourtant on n'y croit pas, à cet « amour » que nous plébiscite cette presse. Parce qu'à l'inverse du porno, dans la presse féminine, on ne *peut* jouer l'amour, *parce qu'on n'a pas à y jouer la jouissance*. Il n'y a *pas* de jouissance feinte, et quoiqu'elle soit fort différente chez l'homme et la femme, notre investigation en témoigne, la jouissance simulée n'existe pas.

Dans l'amour, en tout cas. *Il n'y a pas d'amour frigide.* Toutes les affres d'un amour véritable viennent de ce qu'on n'y peut feindre l'affect, *parce qu'on n'a pu y simuler la jouissance.* C'est la différence avec l'amour faux et la fausse jouissance. Que la pornographie du *désir* féminin soit infiniment plus « subtile » que la masculine, comme en attestent les presses respectives, l'amour le fait mentir d'un coup. Il rend la jouissance masculine plus bête encore qu'elle n'est, ce qui n'est pas peu dire, et révèle aussi la bêtise du désir féminin. La jouissance masculine est renseignée sur son *désir*, son essence – elle comprend qu'il est infiniment plus important que sa « jouissance ». Il préfère brûler de lui-même, se consumer dans le tao, comme vous l'avez fait des mois durant, que céder sur lui-même. Le désir féminin, atteignant cette même essence *n, est renseigné sur sa jouissance.* C'est cela qui lui a fait perdre tout contrôle, en plus bien sûr de vos conneries. Audelà, il y eut cette découverte, on peut dire copernicienne. Vous pouvez être fier ; être au seuil de surmonter et Kierkegaard et Lacan, grâce à votre amour, grâce à elle – ce n'est pas rien. D'ailleurs vous intercalez ici quelques notes de lecture prises sur le fabuleux *Encore* de Lacan, que vous vous êtes fait fort, théoriquement donc dans les faits, de surmonter ; que ce ne soit pas encore chose faite, quoique vous gardiez plus qu'un bon espoir, au moins l'empreinte de l'exploit sera-t-elle quelque part consignée.

Désir, féminin, représentation

Le désir est incertitude, mais la jouissance est ignorance.

L'amour est la manière dont s'informent l'ignorance de la certitude, la jouissance, et le savoir de l'incertitude, le désir. La femme fut historiquement déterminée comme hystérique en informant de l'incertitude absolue du désir, parlant au mur masculin, son mec ou le médecin, de son désir, qui ne sait qu'une chose, il veut se suffire dans son incertitude, suspendre la finalité fixée de la jouissance. Pour le mec, c'était simple : il fallait jouir. Il Sait. Sa certitude est sa passion de l'ignorance. L'hystérique ne veut plus discuter dans les détails, mais y *entrer*. Le désir, c'est « la vie dans les plis ». Le langage, lui, détaille, nominalise, divise les éléments, les sépare pour simplifier ; le désir est l'avis de non-recevoir notifié à cette tentative d'exhaustion par le langage. Le désir est plein, mais de ce fait il est errant. Le désir ne sait jamais ce qu'il veut. L'accès à la jouissance lui fournit un *repère*, et pas une réponse.

Le désir parle à un mur, la jouissance butée, mais la jouissance est mise au pied du mur, par sa surdité au désir, qu'elle entend comme cacophonie hystérique. Bien souvent elle se met à ses pieds, en vain ; ce qu'elle veut – l'hystérique – n'est pas un maître sur qui régner, mais de l'amour, être écoutée, même si c'est délirant, c'est ce qu'elle veut : quelqu'un qui lui fasse bien l'amour, épouse la moindre de ses intensités. La rumeur dit que ça n'arrive jamais. Ce qui arrive, ce sont des femmes hystériques, qui en font voir de toutes les couleurs, à des mecs qui n'en peuvent mais, mais qui ne peuvent s'en passer.

Le langage est l'instance de la représentation. Masculin, il est la certitude de la jouissance, qui devient passion de l'ignorance face à son propre désir, et face à celui de l'autre. Le langage Sait. La représentation est savoir, *c'est en quoi il n'y a pas de savoir de la représentation*. La méchanceté de l'ignorance, c'est le savoir qui croit se savoir lui-même. La vérité de la représentation, du langage, c'est de savoir qu'il sait, mais aussi de savoir qu'il ne se sait jamais lui-même. Croit-il « se » savoir, l'incertitude du désir lui rappelle que son savoir lui vient de sa certitude précaire, la jouissance. S'il savait qu'il ne sait que parce qu'il sait qu'il jouit, le savoir serait bien plus prudent, et écouterait le désir comme son double. La bêtise ignorante de la parole : je sais que je sais, je sais ce que je dis. Il y a une bêtise de la parole féminine aussi, sous ce rapport : tu as beau savoir, moi aussi je sais ce que je dis : je ne sais pas ce que *tu* dis ! Les deux bêtises se contaminent. L'ignorance de la certitude, la jouissance, est la bêtise du croire-savoir.

Le désir est quant à lui la bêtise mensongère de l'incertitude. Je ne sais pas, mais je sais que je ne sais pas. C'est ce savoir que je te jette à la figure, toi qui crois savoir. L'information s'échange avec la violence autiste d'une clive, d'une non-écoute mutuelle. Je sais ce que je cause : mon incertitude, qui met en échec ton assurance. C'est l'épilepsie hystérique : je ne sais pas mon désir, tu ne le sais pas non plus, tu ne sais pas ce que tu désires (moi ou ta jouissance), tu ne sais donc pas ton propre désir, qui n'est pas ta jouissance, puisqu'elle est une certitude. La vérité du désir est de *faire mentir* la jouissance. Le mensonge de la jouissance *force le désir* à avouer sa vérité.

Vous y allez quand même très fort. Vous la sentez là, à tout instant. C'est à elle que s'adresse, tendus par la plus intense concentration, chacun de vos mots. Vous l'écoutez, mais ne pouvez en dire trop, êtes même astreint à une grande réserve, tous les tabous posés au début – plus le respect de ce que vous aimez tant chez elle, sa classe, sa pudeur et sa vertu. Vous n'en avez pourtant pas fini.

La fonction de l'autre dans l'amour, car l'amour astreint à des fonctions, mec-femme, etc., c'est d'à tout instant vous dégriser de vos illusions, pour vous enivrer d'une griserie plus étourdissante encore, celle de l'amour même, son essence *n*, qui n'a rien à voir avec son secret à elle, d'importance, pour ce qui est du cas particulier de votre relation. Mais l'amour est universel. Simplement il y a *des* amours qui font avancer l'humanité, il faut dire les choses comme elles sont, en découvrant comme un *petit plus*. La découverte que vous faites n'aurait *pu* avoir lieu qu'entre elle et vous, étant respectivement *ce* que vous êtes. Il n'y a pas de hasard, à part celui de la rencontre de départ, l'élément *x*. Tout le reste, c'était gagner au jeu de l'amour, loin d'être fini – il ne finit par définition jamais –, à savoir : *imposer sa force aux hasards qui se présentent*. Hasards, accidents, crises, catastrophes. Vous n'auriez pas surmonté tant d'obstacles sans cette force absolue ; n'auriez pas eu raison de tant d'aléas ; n'auriez pas soutenu le jeu dans ses toutes dernières conséquences.

Si on reprend donc, à ras de diagnostic Sollers, que nous aurons eu l'honneur de « réfuter » – vous dites nous, elle et vous –, on se dit que ce problème d'écoute, la part faite de toute la dimension, grave, personnelle, on en arrive à cette conclusion : pour pouvoir, vous, encore être écouté et pris au sérieux dans votre parole, dans l'épaisseur littérale de votre cabotinage verbeux, il eût fallu : *soit* ne pas faire l'amour, *soit* ne pas donner de plaisir et n'en prendre pas, *alors* vous en inférez que si l'amour *est cette jouissance éternisée,* pas dans une sphère céleste mais dans l'ici-bas de la situation concrète, avec tout ce qu'elle implique de problématique, eh bien ! – *puisque* le langage et le sensible continuent cette désagrégation, qui devient une bénédiction, dans le *tout* de la passion amoureuse, *alors* il ne s'agit *ni* de jouissance érotique *ni* de jouissance non érotique. Les choses ne se peuvent présenter en ces termes. *Éloge de la sublimation*, n'était le kitsch manifeste, aurait été un assez bon titre. Heureusement que vous avez trouvé mieux. Disons que si l'on appelle « érotisme » la même chose que Kierkegaard, à l'époque où il écrivait – et de laquelle, par rétroaction, saturés des clichés pornographiques modernes (qui ne valent plus mieux que les vieux poncifs fleur bleue), nous aurions tout à réapprendre –, à savoir que le *tout* de la relation, extracoïtus (le séducteur ne consomme jamais l'acte avec Cordélia), *est* cette érotique, *alors* l'amour est effectivement cette jouissance éternisée, merveilleusement ou affreusement, là n'est pas la question. Il faut d'abord qu'elle s'éternise même si on s'y arrache les tripes. Le désir s'est repéré, en jouissance, et la jouissance, en désir. Nous voilà bien. Et voilà pourquoi aucun de vous deux n'a jamais voulu lâcher, malgré les affres incroyables. Pour être très franc, et vous *savez* que ça vaut pour elle aussi, s'il était trop tôt, pour savoir si c'était, de toutes vos relations amoureuses, celle qui vous a fait le plus souffrir, ce que vous savez, c'est que de toutes, elle est celle qui vous a fait le plus *facilement* souffrir. Vous n'avez jamais connu, tous deux, de situation où ça aille si vite, entre la détection d'un petit hic, et sa réaction en chaîne catastrophique, pathologique. Vous êtes trop sages et tenez trop à cet amour pour ne pas avoir pris vos protections. Vous vous souvenez, vous qui menez l'enquête, des fois où elle vous écrabouillait sous les reproches, et pourtant vous disait qu'elle ne vous quitterait pas, qu'elle ne se résoudrait pas à cette facilité. Vous aviez pris ça pour, comme souvent chez elle, de la cruauté gratuite. Grand bêta que vous êtes.

Tant de femmes avaient tout fait jusque-là pour vous blesser, et ne réussissaient qu'à vous heurter, à vous refrapper hystériquement, sans vous atteindre au cœur, sans que les lésions atteignent au plus for intérieur. Elle d'une pichenette vous blessait au foyer, vous faisait saigner au cœur. Pareil d'elle à vous, sans volonté préméditée, vous pouviez d'un mot lui en faire baver. L'amour, c'est quand celui, mec en gros, qui ne désirait *que* la jouissance, prend conscience que ce qui lui était, comme à tous les mecs, tout, à savoir, la jouissance, ne lui était rien, tandis que ce qui ne lui était rien, ou alors quasiment une souffrance et une corvée, le désir qui en commandait la recherche et l'accomplissement, lui devient tout ; cependant que celle, la nénette en gros, qui ne s'alimentait qu'au puits sans fond de l'hystérie, qui est le désir ne voulant de lui-même savoir rien de rien, trouve son point de pulsation, menaçant, dans une certaine jouissance, qui n'est pas seulement la jouissance certaine, mais l'éternité d'une jouissance de cœur, qui menace celui-ci de craquer. Votre jouissance n'est plus que désir d'elle, son désir veut désormais insatiablement jouir de vous, et le renversement fait mante religieuse, le mec devient ya bon, tandis que votre désir se fait insidieux, possessif, enveloppant – elle se demande d'ailleurs si elle n'est pas captive, et comment échapper à la détention. Autant demander la remise où déposer son cœur.

Vous répétez quelque chose, l'amour, qui est un faire. Votre séminaire traite de la répétition. Vous vous dites à ce point de votre enquête, adressée à elle, à elle seule, que vous iriez bien jusqu'au bout de votre geste, cette enquête, ces mots adressés à elle seule. Vous répétez les mauvaises scènes d'hystérie. L'infini n'est pas l'amour à portée des caniches[1], comme le pen-

1. La phrase de Céline était : « L'amour, c'est l'infini à portée des caniches. » Je maintiens le lapsus mnémotique permutatif, qui dit ce que je voulais dire ici. (Note à la correction d'épreuves, 2009.)

sait, avec un cynisme que notre temps a rendu routinier, Céline. Il est élitaire, élitiste, seul l'élite y a accès, l'élite la plus fermée. Vous répétez l'amour dans la scène de ménage, d'hystérie, dans le caprice monté en sauce. Il suffisait d'un mot mal placé, son sang ne faisait qu'un tour. Et le vôtre, se faisait mauvais. Vous n'allez pas vous arrêter en chemin. Pas tout de suite. L'amour, vous le faites, à tout instant, voilà la vérité qui se répète. L'écoute écoute, dans l'amour, *tous* les affects. Vous avez écouté le secret *n*, vous êtes même abstenu de lui dire, à elle, ce qui dans trois ou quatre de ses odieuses manies venait de là. Vous avez tout tenu soigneusement pour vous, sous scellés de l'honneur. Vous avez gardé le silence, tenu le secret. La tombe, vous êtes, elle a pu se fier à vous. Elle demande plus généralement, avidement, que vous l'écoutiez à fond, demande omnivore de l'écoute de tout, et est fondée à le demander, comme amour. La volupté comme la souffrance. Elle tient les vôtres, mais vous finissez par *ressentir* les siennes – après avoir été accusé de ne pas les écouter. Elles se donnent aussi généreusement, ces souffrances, les siennes, comme les vôtres, que les voluptés – mais sont plus voraces. Ce sont elles, les souffrances, qui font vraiment miam-miam dans la parole, et la tournent à l'aigre. Vous y pesez tous le sens de l'expression : être *mordus* l'un de l'autre. Sait-elle seulement ce qu'elle vous demande, quand elle vous a demandé de l'écouter ? Que vous écoutiez, au fait, ou que vous *souffriez* ? Écoutant sa souffrance, la sienne, vous vous rendez compte qu'elle y a conclu à votre fameuse « surdité ». *Vos* souffrances ont été les siennes. Mais vous avez *seulement* ressenti, et comme ce ressenti n'est pas comme, par exemple, une jouissance, qui se trahit, la souffrance ne désagrège pas illico les mots. *Il faut le faire à sa place*. Il faut faire en sorte que tout affect torture les mots et les tourne en déroute. Vous ressentez tout, vous mec, mais ne pouvez rien montrer, de la souffrance que vous recevez. Vous n'êtes pas la rassurante « écoute » escomptée, qui déploierait sa souffrance en mots, mais une chambre d'échos, directement émotive, de sa souffrance à elle, et qu'elle ne détecte pas de suite comme telle, puisque rien n'en atteste. Votre silence, criminel, engueulé, tourne à l'aphasie : vous qui n'avez plus écouté, ne pouvez plus rien dire, sans marcher sur des œufs, craindre de la heurter – le moindre mot, comme si vous becquetiez sur sa chair à elle, que vous aviviez ses souffrances à elle. Ressentant sa souffrance, à elle, sans pouvoir la tenir, tout ce que vous pouvez, vous, « faire », c'est vous désagréger en mots, inconsistants, dans l'accident hystérique, la crise, le caprice monté en sauce. L'hystérie est le savoir de la situation amoureuse, la mauvaise présence de la bonne répétition, l'amour qui se fait. Mais pour savoir qu'il se fait, il faut cesser de le faire, un temps, physiquement entre autres, pour voir que l'amour, c'est ce qui échappe à la répétition. Que l'amour, ça n'arrive réellement qu'une fois, et une seule – toutes les autres sont les occasions ratées. L'amour, ça ne se répète pas. C'est quand on le sait qu'on évite la mauvaise répétition, après – l'hystérie. Vous, mec, avez été hystérique, avec tous les symptômes, notamment aphasique. L'hystérique Charcot, c'est celle qui ne pouvait pas parler. L'amour est cette bonne présence de la mauvaise répétition passionnelle, la scène, la crise. L'hystérie manifeste ce qui de l'amour ne peut se montrer, l'impossible éternisation de la jouissance, qui désagrégerait tous les mots, et tous les gestes. C'est ce qui arriverait si la jouissance s'éternisait. Et elle s'éternise, mais « que » comme amour. Les amoureux sont captifs et en cage ; ils n'arrivent pas à se séparer, et pourtant se séparent, à « son » initiative. Ils pulsent la mauvaise répétition, et préservent comme leur bien précieux leur amour, bonne présence, pour la sauver de la mauvaise compulsion répétitive. Ils se séparent – de l'hystérie, qui répète mal l'amour, l'amour qui se fait, toujours, encore maintenant. Ils sont loin l'un de l'autre, très près en esprit, très loin en corps, qui est « tout » ce qui manque, même si c'est « beaucoup ». La bonne présence amoureuse est devenue, pour votre propre bien, réelle absence, absence physique de l'autre. L'amour y comprend l'essentiel, qu'il ne peut être pure absence, puisqu'il est présent, dans vos deux cœurs, et qu'il vous hante. Il est présent, simple affect. Il hallucine, un peu, donne des hallucinations au mec, hypertrophie les soupçons de la poulichette. Cette hallucination, cette parano, comprennent seulement qu'ils doivent sauver la bonne présence, l'essence, dans la répétition, de l'amour qui se fait, ici et maintenant, sans mauvaise compulsion, ni de jouissance, ni de désir, ni de souffrance, ni d'ennui, ni d'hystérie. Ils se manquent, mais seulement de corps, et pas de corps sexuel, mais de corps présent, visible, de corps sensible. La pouliche manque sacrément au mec et, espérons, le mec à la poulichette.

Vous vous êtes faufilé entre quatre interdits : le secret *x*, le secret *n*, les propriétés anecdotiques qui la définiraient, et l'inventaire détaillé de ses problèmes et défauts, à elle, pas piqués des vers. A priori, si ça n'avait tenu qu'à vous, vous n'auriez parlé que de ça, mais c'est impossible. Ça relèverait presque de l'exploit, du fait qu'une part essentielle de votre temps soit consacrée à y penser ; vous avez fait l'impasse sur les quatre points essentiels, et c'est ce que vous appelez l'essence *n* de l'amour, arriver à le dire, à le parler, à lui donner bonne pulsation, à le rythmer, sans le trahir, sans trahir aucun secret, cela va de soi, mais ce qui exerce à ne pas trahir l'essence du secret, celui de l'amour, qui est de ne pas se livrer facilement, en un mot, si ce n'est celui-là : amour. Cette enquête s'adresse *à* elle sans avoir parlé *d'*elle ; elle s'adresse aussi à ce tiers, peut-être, au demeurant, un lecteur – mais plus essentiellement, un vide, un orbe qui vous surplombe, qui est ce mot sans rien, sans rien que vous deux. L'essence *n* de l'amour, qui lui donne naissance, le point de gravité moral, physique, affectuel, psychique, sémantique, sur quoi repose, de l'amour, tout le secret – c'est l'écoute, sa pulsation, son alloplastique.

Aucun de vous deux ne s'avoue vaincu. Elle se retranche, vous barre l'accès au secret *n*, que vous incubez comme un poison, et dont les conséquences vous donnent des insomnies ; vous vous perdez, chacun dans votre coin, en conjectures, et couchez vos plus délirantes impressions sur papier ; vous limitez à l'extrême, chacun, vos fréquentations, ne pouvez voir personne d'autre en peinture, sauf contraints et forcés ; vous posez le problème, l'abordez, le tordez entre vos mains, le tournez et retournez en tous sens. Vous continuez à vous aimer.

La dernière fois que vous vous êtes vus, elle avait l'air un peu moins convulsée par l'angoisse des mots, et de l'écoute, que la fois d'avant ; un peu moins sur sa défensive, un peu moins arcboutée sur sa parano, même si elle a fait mine de faire retour, au détour de deux ou trois mots, mal placés par vous, qui vous en laissez encore un chouïa conter. Vous, fort de l'épaisseur mielleuse de votre amour, à deux ou trois moments d'aveux pénibles près, avez meilleure prise sur la fébrilité qu'elle vous inspire, elle seule ; surtout, vous sentez à quel point vous êtes désormais hors de vous, comme un orbe errant, autour d'elle, l'enveloppant, sans la manger. Bref, vous sentez l'intensité de votre propre écoute, qu'à son tour elle ressent (ou alors c'est à désespérer de tout ! Biyat'ch.). En la quittant vous lui avez sollicité un baiser, qu'elle refusa de vous donner, en s'en allant la nuque redressée, sourire radieux, son petit air de Scarlett O'Hara de cour de récré. N'importe qui d'autre au monde aurait aimé lui mettre deux claques. D'ailleurs elle agace à peu près le monde entier. Vous, vous l'aimez.

Ce serait beau, qu'elle se garde ça pour elle, toute la vie, toute seule, contre son cœur. Que le secret de votre pensée lui soit livré sous ce sceau, et qu'elle ne le délivre à personne. Qui sait ?

Il y sera allé de l'écoute, dans cette affaire, qui est une pulsation, dans un endroit du *corps* ;

quelqu'un, que vous tenez en haute estime, disait de celui-ci, qu'il était le toucher de l'Ouvert. C'est joli. Ce qui est beau, c'est cette ouverture où l'amour se pulse, se serre en un nœud de souffrance pure, la vôtre à tous deux, puis se localise, se repère. Elle avait raison : vous n'écoutiez pas, mais parce que personne n'avait réussi à accéder à cet endroit. Vous avez appris l'écoute, à l'enseigne d'elle – vous avez appris l'amour.

Vous reprenez votre séminaire…

Avril 2001

POSTFACE

« […] je mets au défi quelque philosophe que ce soit de nous rendre compte à présent du rapport qu'il y a entre le surgissement du signifiant et ce rapport de l'être à la jouissance. Il y en a forcément un. Quel est-il ? […] Aucune philosophie, dis-je, actuellement ne nous rencontre. Et ces misérables avortons de philosophie que nous traînons derrière nous comme des habits qui se morcellent ne sont rien d'autre, depuis le début du siècle dernier, qu'une façon de batifoler plutôt que de s'attaquer à cette question et qui s'appelle, et que Freud a nommé l'instinct de mort, le masochisme primordial de la jouissance. […] Toute la parole philosophique foire et se dérobe. »

Jacques LACAN

On remet en ligne *L'essence* n. Ça me fait un effet.

Les circonstances : dans une période de grande solitude, où une expérience communautaire intense prenait fin et se disloquait, les collectifs *Evidenz* et *Tiqqun*, qui ont fait depuis parler d'eux autrement, un cinéaste, Philippe Garrel, recherchant, de façon « bressonienne », un non-professionnel pour jouer le rôle principal de son film *Sauvage Innocence*, et m'ayant trouvé après la défection de Léos Carax, me met en contact avec l'actrice principale, jeune femme elle-même très solitaire, pour d'autres raisons : Julia Faure. Nous n'avions à ce moment-là, l'un et l'autre, que le projet de ce film dans nos vies. Jacques Rivette a dit un jour qu'un film réussi, c'est quand le déroulement du tournage a ressemblé à l'histoire qui est racontée dans le film. Si c'est bien exact, *Sauvage Innocence* est sans aucun doute un chef-d'œuvre. Le désastre relaté par le film aura été nourri, je suppose, du désastre intime par quoi s'est soldée la passion que « raconte » *L'essence* n.

Bref : nous aurons, au plein sens du verbe, *joué le jeu.* Si j'ai évoqué les circonstances de grande solitude où je me trouvais quand Philippe a fait appel à moi, me « sauvant » en quelque sorte d'une déréliction douloureuse, d'un *autre* désastre qui était celui d'une communauté esthético-politique « radicale », c'est pour aussi confier quel était *l'état d'esprit* qui était le mien à ce moment-là. C'était en connaissance de cause que je me suis « jeté » dans cette passion : je n'ignorais pas que je le devais à *l'installation générale*, l'artifice artistique, qu'était ce film. Le collectif comme œuvre d'art : voilà ce que signifiait le coup d'envoi du romantisme allemand, dont nul, surtout pas ceux qui prétendent en avoir « fini avec le XIXe siècle », ne peut aujourd'hui se prétendre immun, quand il prétend faire de l'art. Nourri d'avant-garde contemporaine, post-situationniste, c'était consciemment que je me disais : « Nous faisons notre *Loft Story*. » À ceci près qu'à la place des tâcherons de M6 et de la laideur obligatoire de leurs plans, nous avions Philippe, peut-être le plus grand *peintre* de l'amour de notre temps. Je n'aurai pas le narcissisme de prétendre que j'étais « autre chose » que les « djeunzes » de *Loft Story* : c'est à la lettre que j'écris que l'amour désagrège tout narcissisme. L'amour est toujours une assomption au *second* degré du narcissisme. Non pas un « égoïsme à deux », comme le disait l'adolescent célibataire Isidore Ducasse, et pas non plus un « narcissisme à deux », comme l'ont persiflé à notre sujet des fines bouches, mais bien un narcissisme *du Deux*.

Je parlerai de Julia : la femme la plus gracieuse qu'il m'ait jamais été donné de rencontrer. Je dédie donc nommément, à l'occasion de cette réédition, *L'essence* n *de l'amour* à qui de droit.

Cette grâce, ou poésie vivante, m'aura fait supporter tous les effets de sa « folie » (il faut dire que je n'étais pas en reste, Philippe me surnommait : « Medhi Clémenti »). Car cette folie m'a énormément enseigné : la féminité pour ainsi dire à l'état *pur*. Une sorte d'Idée platonicienne de la féminité, descendue sur terre et incarnée. Féminité qui ne laisse pas d'être, à son tour, une *construction* subjective. Et qui m'a donc, d'un seul coup, sorti du nihilisme « punk » inconscient avec lequel j'aurai toujours, jusque-là, vécu l'amour.

L'essence n, consciemment, se voulait une « réponse » au discours que tenait l'époque sur la sexualité. J'ai toujours été un lecteur assidu de Sapho ou Genet, de Sacher-Masoch ou Sade : je n'ai pas attendu les *gender studies* pour apprendre que la sexualité est « construction performative ». C'est un axiome pour moi sans discussion : toute sexualité *anthropologique* est par définition *perverse* : elle diffère, selon des circuits de plus en plus tors, la nécessité biologique reproductive mammifère. À commencer par « l'hétérosexualité ». Mais à l'époque où on continue à jouer la mascarade des « sexualités minoritaires » comme intrinsèquement « subversives » (ça, ça a pris fin à une date précise : l'assassinat de Pier Paolo Pasolini, c'est-à-dire après les conséquences impronostiques de la « révolution sexuelle » – le porno, c'est-à-dire la possibilité pour n'importe qui d'entrer dans n'importe quelle « sexualité perverse », jusqu'à la scatophilie ou la pédophilie), j'ai voulu écrire sur « l'hétérosexualité » comme *sexualité minoritaire plus qu'à son tour*. Montrer qu'en effet elle ne pouvait plus s'appréhender elle-même, aussi peu que ce soit, comme « normale » : comme le reste, elle est une *construction performative*. J'ai dit en plaisantant à une des dédicataires du livre, Tiphaine Samoyault : « Au fond, la seule position réellement perverse qui nous reste aujourd'hui, c'est le missionnaire. »

« Installation », ai-je dit de ce film, *Sauvage Innocence*. Ou performance. « L'art contemporain » ne redécouvre, bien souvent, que ce qui est la vérité immémoriale du cinéma, donc du Théâtre. Donc de la Tragédie grecque, qui *n'était rien d'autre* qu'une « performance sacrée » – et une Installation. Le fait que je découvrais, et dans le grain, la plus grande philosophie de ce temps (Badiou), avant le tournage et *pendant* ma passion pour Julia ; que je découvrais aussi, en même temps, la Science de l'Amour la plus avancée, celle de Lacan ; tout cela a produit une conjonction explosive, au *cours* du tournage, qui m'a appris des choses que je n'aurais absolument pas pu apprendre d'une autre manière. Dont je me demande parfois si je ne suis pas le seul à les *savoir*. Mais sans présomption : ces choses que j'ai *expérimentées* dans une souffrance intense pendant le tournage, je ne suis pas sûr de pouvoir en dire ou en écrire quoi que ce soit. Je sais en tout cas que j'en ai tiré des choses inestimables. Je remercie donc Philippe, une fois pour toutes, de m'y avoir convié, quelles qu'aient été les tensions insoutenables dont je me suis rendu responsable pendant cette aventure.

Pendant le tournage lui-même (deux mois : une éternité, dans ces conditions), je n'ai pas lu une page de quoi que ce soit, et encore moins ai-je écrit la moindre ligne. J'ai songé, bien entendu, à coucher par écrit cette expérience, qui fut superlativement « romanesque » : mais je ne l'aurais pas fait et ne le ferai pas. Je me contenterai de dire que, dans ce genre d'épreuves, on fait aussi l'épreuve de ce qui *reste* de certaines lectures, et qui vous aident à déchiffrer tout ce qui vous arrive : à le surmonter, parfois au *finish*. Et trois auteurs seulement m'ont aidé à traverser le Calvaire : Antonin Artaud, Marcel Proust, Jacques Lacan. Si j'avais dû écrire quelque chose là-dessus, c'eût été sous l'invocation de ces trois-là, point. Calvaire parfois voluptueux, bien sûr : le masochisme, tous les gens sérieux l'ont démontré (Proust, Lacan, Deleuze...), est la vérité ultime de tout ce qui se manigance dans la sexualité anthropologique. « La vérité de la position masochiste est au cœur de toute perversion », dit Pierre-Henri Castel. Vérité qui s'origine pourtant, contrairement à ce qu'on croit souvent, de la position « homme » et pas de l'autre.

Vérités *nouvelles* aussi bien, c'est-à-dire inaperçues jusque-là. Une des phrases dont je suis particulièrement « fier » dans ce livre, et qu'on me cite souvent : « L'homme ressent la jouissance de la femme sans la tenir. La femme tient la jouissance de l'homme sans la ressentir. » Rien à redire. Sauf un point crucial, que j'ai mis des années à développer philosophiquement, et qui vaut effet d'annonce. Découverte qui éclaire, sans les réfuter, les apories où se seront arrêtés Freud (« Que veut une femme ? ») et Lacan (« De cette jouissance, la femme ne sait rien [...] depuis le temps qu'on les supplie, qu'on les supplie à genoux – je parlais la dernière fois des psychanalystes femmes – d'essayer de nous le dire, eh bien, motus ! On n'a jamais pu rien en tirer »).

Découverte que je livrerai dans un texte qui s'intitulera : *Être et sexuation*. C'est qu'il faut tout reprendre d'un point précis : l'animal humain est clivé de cette animalité même par le langage, et c'est pour ça qu'il a une sexualité. BA-BA de la pensée contemporaine. Si la jouissance féminine continue à être enrobée de son voile d'immémorial mystère – psychanalyse, libération sexuelle et pornographie de masse n'y ayant pu mais, c'est qu'on ne s'est pas aperçu de ce qui sautera à l'entendement avec ce livre : à même l'origine animale et biologique de la position femme, *il n'existe pas la moindre différence entre désir et jouissance.* Et de cette identité originaire absolue désir = jouissance, tout ce qui ressortit de la position sexuée « femme » est à la fois le simulacre et la quête. Elle mime (« hystérie », en un sens non péjoratif) cette identité, et en même temps cherche à la recouvrir (le « mystère » de son orgasme, par rapport à la « mécanique » huilée de la sexualité masculine). C'est, entre autres conséquences, la raison pour laquelle l'homme ne la « tient » jamais, contrairement à l'inverse : on ne tient pas le désir, ni dans une position ni dans une autre, mais on ne tient surtout pas un désir qui est en son fonds rigoureusement indiscernable de la jouissance. L'homme asservit la femme de toujours, mais ne la tient pas. Et l'homme ne l'aura même pas tenue par le discours, achoppant comme à une énigme sur ce dont toute la pensée moderne est partie touchant à la question : la découverte par Freud de l'inconscient dans l'hystérique fin-de-siècle. C'est également pour ça que la vérité de la « jouissance » féminine est essentiellement narcissique, en un sens irréductible à ce que la psychologie désigne, péjorativement, par ce terme. Si l'actrice appert, pour le commun des mortels, comme l'essence de la femme où « l'éternel » de ce qu'elle adjective, ce n'est pas par hasard.

Sans *l'expérience* de *Sauvage Innocence*, dont *L'essence* n est un document pour ainsi dire latéral, jamais je n'aurais fait cette « découverte ». Que Julia, Caroline et Philippe reçoivent donc, au-delà de tous nos déchirements, l'expression de ma gratitude infinie. Et aussi, bien sûr, Brigitte Fontaine et Monica Belluci

Mehdi Belhaj Kacem

La rentrée littéraire des Éditions J'ai lu

JANVIER 2010

LA MÉLANCOLIE DES FAST FOODS
Jean-Marc Parisis

LÀ OÙ LES TIGRES SONT CHEZ EUX
Prix Médicis 2008
Jean-Marie Blas de Roblès

LA PRIÈRE
Jean-Marc Roberts

L'ESSENCE N *DE L'AMOUR*
Mehdi Belhaj Kacem

AVIS DE TEMPÊTE
Susan Fletcher

DÉJA PARUS

UN CHATEAU EN FORÊT
Norman Mailer

ET MON CŒUR TRANSPARENT
Prix France Culture/Télérama 2008
Véronique Ovaldé

LE BAL DES MURÈNES
Nina Bouraoui

ENTERREMENT DE VIE DE GARÇON
Christian Authier

L'AMOUR EST TRÈS SURESTIMÉ
Brigitte Giraud

L'ALLUMEUR DE RÊVES BERBÈRES
Fellag

UN ENFANT DE L'AMOUR
Doris Lessing

LE MANUSCRIT DE PORTOSERA LA ROUGE
Jean-François Dauven

Une littérature qui sait faire rimer plaisir et exigence.

9119

Composition
NORD COMPO

Achevé d'imprimer en France (Malesherbes)
par Maury imprimeur
le 6 décembre 2009.

Dépôt légal décembre 2009.
EAN 9782290021149

ÉDITIONS J'AI LU
87, quai Panhard-et-Levassor, 75013 Paris

Diffusion France et étranger : Flammarion